TÖDLICHER EHRGEIZ

KRIEGSJAHRE EINER FAMILIE, BAND 3

MARION KUMMEROW

Tödlicher Ehrgeiz, Kriegsjahre einer Familie, Band 3

ISBN Taschenbuch 978-3948865016

Herstellung und Verlag:

Marion Kummerow
Weißtannenweg 7
80939 München

Titelbildgestaltung: http://www.StunningBookCovers.com

Bildnachweis: Bundesarchiv, Bild 183-S91935 / CC-BY-SA 3.0

https://creativecommons.org/licenses/by-sa/3.0/de/deed.en

Dieses Buch basiert auf historischen Begebenheiten, historische Persönlichkeiten und Vorfälle wurden sorgfältig recherchiert und wiedergegeben.

Die Namen der Hauptpersonen und die Handlung sind frei erfunden. Ähnlichkeiten mit lebenden oder realen Personen sind rein zufällig.

INHALT

KAPITEL 1

Januar 1944, Ravensbrück, Deutschland

Anna knöpfte mit weinender Seele und schmerzendem Körper ihre Bluse zu. Sie wagte es nicht, ihren Peiniger anzusehen – den Mann, der sie wieder und wieder misshandelt hatte. Beim Anblick seines selbstgefälligen Gesichtsausdrucks würde sie ihm am liebsten mit ihren bloßen Händen den Hals umdrehen und dabei zusehen, wie sein nutzloses Leben aus seinem Körper entwich. Entweder das, oder ihren Mageninhalt über ihn entleeren.

In ihren Gedanken nannte sie ihn *Teufel*. Jede einzelne bedauernswerte Seele im Lager würde ihr beipflichten, dass er der Leibhaftige war. Doktor Tretter, Chefarzt im Frauenkonzentrationslager Ravensbrück, fand Gefallen daran, Angst und Schrecken zu verbreiten. Und er tat es mit einem Lächeln.

Ein Schluchzer drohte ihrer Kehle zu entkommen, aber sie schluckte ihn tapfer herunter. So wie sie es immer tat, wenn das schiere Entsetzen über das, was aus ihrem Leben geworden war, sie zu überwältigen drohte. Sie hatte einen Pakt mit dem Teufel geschlossen. Und hatte dabei den Kürzeren gezogen. Im Tausch gegen das Leben ihrer Schwester hatte sie ihm ihren Körper verkauft.

Sie rief sich das hagere Gesicht ihrer geliebten jüngeren Schwester Lotte in Erinnerung. Das Bild ihres abgemagerten Körpers, der nur noch aus Haut und Knochen bestand, zwang Anna dazu, einen weiteren Seufzer zu unterdrücken. Sie hatte das Richtige getan. Lotte hätte die Gräuel als KZ-Häftling nicht mehr lange überlebt. Egal wie schrecklich Anna sich gerade fühlte, sie wusste, dass sie das Gleiche wieder tun würde, um ihre Schwester zu retten. Und irgendwann würde Anna einen Weg finden, sich aus den Klauen von T zu befreien.

„Schwester Anna." Doktor Tretters näselnde Stimme jagte ihr einen Schauer den Rücken hinunter. *Er ist doch fertig, oder etwa nicht?*

„Jawohl, Doktor Tretter?", antwortete sie müde und drehte sich um, um ihn anzusehen, weil sie wusste, dass er Wert darauflegte, dass sie ihm in die Augen sah, wenn er ihr Befehle gab. Sie hielt seinem Blick stand und verbarg so gut sie konnte ihren Hass auf ihn.

Seine Lippen kräuselten sich. „Du siehst wunderhübsch aus, Schwester Anna."

„Danke", sagte sie mit gedämpfter Stimme und blickte zu Boden, ganz so, als ob sein Kompliment sie erfreute.

„Du wirst meine perfekte Begleitung für eine Abendveranstaltung am kommenden Wochenende sein."

Seine Worte verschlugen ihr den Atem und sie kämpfte um ihre Fassung. Bisher hatte er darauf beharrt, ihre *Beziehung* geheim zu halten. Die schmutzigen Details der Tatsache, dass er eine seiner Krankenschwestern beinahe täglich missbrauchte, sollten besser nicht ans Tageslicht kommen.

Annas Wangen flammten heiß vor Scham bei dem Gedanken, dass jemand annehmen sollte, sie *mochte* dieses Monster tatsächlich und ihre Beziehung mit dem Chefarzt von Ravensbrück war freiwilliger Natur.

„Mit deinem glatten, blonden Haar, deinem makellosen, weißen

Teint und…" Doktor Tretter machte einen Schritt auf sie zu und legte einen Finger unter ihr Kinn, woraufhin der Ekel sie übermannte und sie unwillkürlich die Augen schloss. „Wie oft habe ich dir gesagt, du sollst mich ansehen, wenn ich mit dir rede?" Seine andere Hand landete mit einer schmerzhaften Ohrfeige auf ihrer Wange.

„Verzeihen Sie, Doktor Tretter. Es wird nicht wieder vorkommen."

„Gut. Denn wie gesagt wirst du mich zur Soiree bei Professor Scherer begleiten. Ich will, dass du halbwegs ansehnlich bist, und enttäusche mich nicht mit unmöglichem Verhalten."

Alles Blut strömte aus Annas Gesicht. Professor Scherer war einer der renommiertesten Wissenschaftler des Reichs, ein Mann, den sogar Hitler konsultierte. Er war der Leiter der Abteilung für Medizin und Humangenetik an der berühmten Universitätsklinik Charité in Berlin. Seine einzigartige Arbeit in der Humanbiologie war dem Forschungsstand seiner Kollegen weltweit um Lichtjahre voraus.

Seit dem Tag als Anna mit zwölf beschlossen hatte, eines Tages Biologin zu werden, hatte sie seine Arbeit mit ehrfürchtiger Bewunderung verfolgt. Unter allen anderen Umständen hätte sie ihren rechten Arm dafür gegeben, um den Professor persönlich zu treffen, aber mit dem Teufel an ihrer Seite?

Sie zitterte vor Entsetzen.

„Sie haben gesagt... Sie wollen nicht, dass jemand von unserer.... Vereinbarung erfährt", stotterte Anna.

Er sah sie mit einem höhnischen Grinsen an. „Und niemand wird davon erfahren. Ich habe schließlich einen Ruf zu verlieren." Dabei beäugte er sie von Kopf bis Fuß, ganz so als wäre sie ein lästiges Insekt, das er zerquetschen wollte. „Was die Leute sehen werden, ist eine dankbare Krankenschwester, die sich darum reißt, Zeit mit dem Arzt zu verbringen, den sie verehrt und dessen Arbeit sie in den höchsten Tönen lobt."

„Sie erwarten von mir..." Anna fühlte, wie die Galle in ihrer Kehle hochstieg, und atmete flach, in der Hoffnung, er würde ihre aufsteigende Panik nicht bemerken, „... dass ich allen erzähle, wie sehr ich Ihre Arbeit bewundere?“ Eine Forschung, die darin bestand, unschuldige Gefangene mit sadistischen medizinischen Experimenten zu foltern.

„Genau. Ich bewerbe mich um eine Professur an der Charité, und Professor Scherers Wertschätzung meiner Person und meiner wissenschaftlichen Arbeit ist von größter Bedeutung. Du wirst von meinen Erfolgen schwärmen oder die Konsequenzen tragen“, sagte er mit einem grausamen Lächeln.

Anna kannte die Konsequenzen nur zu gut. Exekution. Oder schlimmer noch, sie wurde zur Insassin in demselben Lager, wo sie als Krankenschwester arbeitete. Jeden Tag konnte sie mit eigenen Augen sehen, welche Qualen dieses Schicksal mit sich brachte.

„Ich werde Sie nicht enttäuschen“, sagte sie und wandte sich zum Gehen.

„Halt“, befahl er scharf, als sie ihre Hand auf die Türklinke legte. Sie drehte sich gehorsam um und starrte in seine graublauen Augen. Augen, die sie ihm nur zu gerne aus dem Gesicht gekratzt hätte. „Nimm das und kaufe dir ein Kleid, in dem du nach was aussiehst. Auf gar keinen Fall will ich mit dir in dieser drögen Schwesternuniform gesehen werden.“ Er warf ein paar Kleidermarken und Geldscheine in ihre Richtung.

„Jawohl“, quetschte Anna durch ihre zusammengepressten Lippen hervor und kniete sich hin, um die Scheine vom Boden aufzuheben. Gerade war sie noch tiefer gesunken und hatte eine Bezahlung für ihre *Dienste* angenommen.

Als sie aus seiner Wohnung floh, ballte Anna ihre Hände zu Fäusten, und rannte so schnell ihre Beine sie trugen, bis sie endlich über die Schwelle zu ihrem eigenen Zimmer im Schwesternwohnheim stolperte.

KAPITEL 2

Anna riss sich die Kleidung vom Körper und schrubbte sich von Kopf bis Fuß mit einem nassen Waschlappen in der Kochnische ihres Zimmers, als ob das Schrubben ihrer Haut den Teufel aus ihrem Leben und ihren Gedanken verbannen konnte.

Sie wünschte sich sehnlichst eine heiße Dusche, um Doktor Tretters Geruch von ihrer Haut zu spülen, aber so spät nachts waren die Gemeinschaftsduschen im Wohnheim bereits geschlossen.

Sie hasste Doktor Tretter mit jeder Faser ihres Seins, aber zumindest eines musste sie ihm lassen: Er traf immer Vorsichtsmaßnahmen, um sie nicht zu schwängern. Er tat dies natürlich nicht aus Rücksicht auf sie, sondern um einen Skandal für sich selbst zu vermeiden. Allein der Gedanke, das Kind des Teufels unter dem Herzen zu tragen, saugte die verbliebene Energie aus ihren Knochen, und sie musste sich an der Spüle festhalten, um nicht auf den Boden zu sinken. Ihr zierlicher Körper krampfte einige Sekunden lang heftig, bevor sie die Kontrolle wiedergewann.

Dann schlüpfte sie in ihr Nachtkleid und sank schließlich mit einer Tasse heißem Tee in der Hand und einem schweren Seufzer auf den einzigen Stuhl. Sie verbannte alle unangenehmen Gedanken und begutachtete den kleinen Raum, den sie ihr Eigen nannte. In der

Ecke stand ein schmales Bett, daneben ein kleiner Beistelltisch mit einer Lampe, auf der anderen Seite, direkt neben der Tür, waren eine Garderobe und eine brusthohe Kommode. Ein abgenutzter Teppich lag in der Mitte des Raumes und darauf stand der Stuhl, auf dem sie saß, sowie ein Metalltablett, das sie als Behelfstisch benutzte. Die Kochnische bestand aus einer winzigen Herdplatte, einem Wasserkessel und der Spüle.

Die Krankenschwestern im Lager brauchten keine richtige Küche. Da sie ihre Mahlzeiten in der Kantine einnahmen, erhielten sie nicht einmal Lebensmittelkarten.

Anna wärmte ihre eiskalten Hände an der heißen Tasse, betrachtete den spärlich eingerichteten Raum und sehnte sich nach dem Tag, an dem ihr Dasein hier nichts als eine traurige Erinnerung sein würde. Obwohl das Zimmer wenig Gemütlichkeit bot, kehrte sie doch jeden Abend nach ihrer schrecklichen Arbeit hierher zurück und fühlte sich, als wäre es das Paradies auf Erden.

Hier konnte sie den Gräueln entfliehen, die draußen vor der Tür warteten. Tod. Krankheit. Demütigung. Schrecken. Schmerzen. Ihr kleines Reich bot Schutz vor den unerträglichen Grausamkeiten, die zur Normalität geworden waren.

Ihr Blick fiel auf das Telefon auf dem Nachttisch. Sie nahm den Hörer ab und wählte die Nummer in Berlin, wo ihre Mutter und ihre ältere Schwester Ursula lebten. Ursula war der Inbegriff des *braven Mädchens* und war im Gegensatz zu Anna in ihrer ganzen Kindheit und Jugend niemals in Schwierigkeiten geraten.

Anna konnte immer noch nicht glauben, wie sehr sich ihre Schwester im vergangenen Jahr verändert hatte. Nachdem ihr Mann gefallen war, hatte sie – Gefängniswärterin in Plötzensee – einen entflohenen britischen Piloten entkommen lassen. *Ich frage mich, wie es ihm wohl geht. Lebt er noch?*

„Ursula Hermann“, kam es durch die Leitung. Annas Herz machte einen Hüpfer der Erleichterung, als sie die Stimme hörte. Das Bild ihrer Schwester erschien vor ihrem inneren Auge: Wie Anna selbst und ihr jüngerer Bruder Richard hatte Ursula himmelblaue Augen und lange, blonde Haare.

„Ich bin's", sagte Anna und konnte einen Moment lang nicht weitersprechen, weil ihre Augen feucht wurden. „Wie geht es dir?"

„Anna, Liebes, frag doch nicht, wie es mir geht... Wie geht es dir?"

Anna nahm einen zittrigen Atemzug und bemerkte, wie eine Träne über ihre Wangen kullerte. „Ich... mir ging es schon besser."

„Ist... du weißt schon... besucht er dich immer noch?" Ursulas Stimme war nur noch ein Flüstern.

„Fast jeden Tag. Ich weiß nicht, wie lange ich das noch durchhalte. Ich fühle mich so schmutzig", schluchzte Anna in den Hörer.

„Schsch. Gibt es denn gar nichts, was du tun kannst?"

„Weißt du, als Elisabeth mir von ihrer Arbeit hier erzählt hat, habe ich ihr kein Wort geglaubt. Ich dachte, sie übertreibt, um sich wichtig zu machen." Anna erinnerte sich, wie Elisabeth zum ersten Mal in das Berliner Krankenhaus gekommen war, wo Anna gearbeitet hatte. Sie und Elisabeth hatten sich rasch angefreundet und die andere Krankenschwester hatte ihr unter dem Siegel der Verschwiegenheit anvertraut, warum sie um eine Versetzung von Ravensbrück in ein normales Krankenhaus ersucht hatte.

Elisabeth hatte sich durch die vergleichsweise gute Bezahlung und die besonderen Vergünstigungen wie zusätzliche freie Tage, Lederstiefel und einen warmen Wintermantel als Lagerkrankenschwester anwerben lassen – Dinge, von denen normale Bürger nur träumen konnten. Aber das freundliche Mädchen hatte die schrecklichen Dinge, die sie im Lager erlebt hatte, nicht ertragen können.

„Kannst du nicht um eine Versetzung bitten, wie Elisabeth es getan hat?", fragte Ursula.

„Und Teufels Zorn riskieren?" Anna hörte ein leises Klicken in der Leitung und fügte hinzu: „Außerdem bin ich dankbar für die Möglichkeit, so viel wie möglich zu lernen und gleichzeitig dem Reich zu helfen, sich von unseren Feinden zu befreien".

Ursula begriff Annas Kode sofort. „Da bin ich ganz deiner

Meinung. Auch meine Arbeit in Plötzensee ist so wichtig für die Kriegsanstrengungen. Ich wünschte, ich könnte noch mehr tun. Aber an manchen Tagen fühle ich mich überwältigt." Ursulas Stimme war so voller Elend, dass Anna sich schuldig fühlte, ihre Schwester auch noch mit ihren eigenen Problemen zu belasten.

„Wie geht es Mutter?" Anna wechselte das Thema und wischte sich eine Träne aus dem Gesicht.

„Sie hat die Hoffnung, Vater oder Richard jemals wiederzusehen, so gut wie aufgegeben. Seit der Nachricht, dass Richards Einheit in Minsk vernichtet wurde, haben wir keine weiteren Informationen erhalten. Weder dass er gefallen ist noch dass er noch am Leben ist."

„Hast du ihr von T... erzählt?", fragte Anna.

„Gott bewahre, natürlich nicht. Glaubst du wirklich, ich würde unserer Mutter erzählen, dass...?"

Natürlich hatte Anna nicht geglaubt, dass Ursula mit Mutter auf ein solch heikles Thema zu sprechen kommen würde. Aber Mutter war sehr intuitiv, was ihre Kinder betraf, und spürte in der Regel sofort, wenn etwas nicht stimmte. Es wäre nicht das erste Mal, dass sie eins ihrer Kinder so lange mit Vermutungen in die Enge trieb, bis diese die Wahrheit gestanden.

„Sie fragt auch nicht", beendete Ursula Annas Gedankengang.

„Ich wünschte, wir könnten ihr gute Nachrichten bringen. Zum Beispiel, dass der Krieg vorbei ist und Richard und Vater bald nach Hause kommen."

„Übrigens gibt es gute Nachrichten", sagte Ursula.

„Erzähl!"

„Tante Lydia bekommt das Ehrenkreuz der Deutschen Mutter verliehen." Tante Lydia war Mutters jüngste Schwester. Mit siebzehn hatte sie den Sohn eines Bauern geheiratet und war zu ihm aufs Land nach Bayern gezogen. Seitdem hatte sie unermüdlich fast jedes Jahr ein Kind zur Welt gebracht. Die Jüngste, ein Mädchen namens Rosa, war im vergangenen Herbst geboren worden.

„Das sind wirklich gute Nachrichten. Es wird ihr Ansehen bei den Bezirksverantwortlichen weiter steigern." Anna wählte ihre

Worte sorgfältig. Nach dem, was mit Lotte passiert war, hatte die ganze Familie Konsequenzen für Lydia und deren Kinder befürchtet. Aber die Tatsache, dass ihr Mann – wenn auch derzeit Soldat an der Front – gut vernetzt und in der Bauernschaft geschätzt war, hatte sie gerettet.

„Ja, Lydia rief an, um uns einzuladen zu Besuch zu kommen, wenn sie am Muttertag in einer feierlichen Zeremonie das Silberne Mutterkreuz verliehen bekommen wird“, sagte Ursula und seufzte dabei fast unhörbar.

„Wäre es nicht schön, nach Bayern zu reisen und Tante Lydia zu besuchen? Ich könnte ein paar Tage Erholung von der Arbeit gut gebrauchen.“ *Und vom Teufel.*

„Das Gleiche habe ich auch gedacht. Es ist sicherer auf dem Land als in Berlin mit den ganzen Luftangriffen unserer Feinde“, sagte Ursula.

„Seit wann bist du so besorgt um deine Sicherheit? Hast du mir nicht immer wieder gesagt, wie wichtig deine Arbeit als Gefängniswärter ist?“ *Und nicht auf die Weise, wie ein Telefonzensor vermuten würde.*

„Du hast recht, Anna. Natürlich werde ich meinen Kampfgeist bewahren und unser Land nicht enttäuschen.“

Anna kicherte beinahe über die Art, wie Ursula ihren Satz formulierte. Da viele Telefonate abgehört wurden, war es nie eine gute Idee, Führer und Vaterland auch nur andeutungsweise zu kritisieren. Die aufkeimende alberne Stimmung ließ sie daran denken, dass nicht alles in ihrem Leben düster war. „Oh, das hätte ich fast vergessen. Es gibt noch mehr gute Nachrichten. Ich wurde zu einer Abendveranstaltung bei Professor Scherer eingeladen.“

„Professor Scherer? Sollte ich den kennen?“

Anna seufzte. „Er ist nur der angesehenste Wissenschaftler Deutschlands auf den Gebieten der Medizin und Genetik.“

„Anna, Liebes, das ist wunderbar“, sagte Ursula mit einer Stimme, die zeigte, dass sie nicht wirklich verstanden hatte, wie phänomenal diese Einladung wirklich war. „Ich würde gerne weiterschwatzen, Schwesterherz, aber ich habe heute Nachtschicht und darf nicht zu spät kommen.“

„Pass auf dich auf.“

„Das tue ich, und du bitte auch. Wenn du mal wieder ein paar freie Tage hast, musst du uns unbedingt besuchen. Mutter würde sich freuen, dich mal wieder zu sehen.“

„Gute Nacht.“ Anna legte den Telefonhörer auf und starrte auf die graue Wand, während sie alle Gedanken an ihre grauenvolle Arbeit oder den schrecklichen Mann, der sie in der Gewalt hatte, beiseiteschob.

KAPITEL 3

Anna stand vor dem Spiegel und trug Wimperntusche auf. Als sie aufblickte, um ihre Arbeit zu begutachten, starrte der knochige Schädel einer Frau zurück, die eingesunkenen schwarzen Augen voller Anklage. Anna blinzelte. Einmal, zweimal. Aber die Bilder der abgemagerten Gefangenen verfolgten sie weiter. *Mörderin*, rief eines der Gespenster. *Verräterin an der Menschheit*, flüsterte ein anderes. *Abschaum*.

Anna trat eilig vom Spiegel zurück und schlüpfte in das einfache, aber elegante schwarze Kostüm, das sie mit Doktor Tretters Kleidermarken gekauft hatte. Der Bleistiftrock endete in der Mitte ihres Unterschenkels und zeigte ihre schlanken Waden in den neuen Schuhen mit dem flachen Absatz. Die Kostümjacke war tailliert, mit Schulterpolstern und Schößchen, sodass ihre Taille unglaublich schmal aussah.

Sie drehte eine Pirouette und war sehr zufrieden mit der perfekten Passform des Kostüms. *Herausgeputzt für die Arbeit! Prostituierte!* Die Geister in ihrem Kopf attackierten sie wieder.

Heute war ein besonders abstoßender Tag bei der Arbeit gewesen. Anna war Krankenschwester geworden, um Menschen zu helfen, nicht um sie zu ermorden. Obwohl sie genau genommen niemanden tötete, war sie Teil des Systems, das darauf abzielte, große Teile der Bevölkerung zu vernichten. Sie hatte nicht den leisesten Schimmer, warum die Nazis überhaupt Krankenschwestern in den Lagern beschäftigten. Es gab nichts, was sie für die Gefangenen tun konnte, außer ihnen ein Lächeln zu schenken, wenn niemand hinsah, oder einen arbeitsfreien Tag auf der Krankenstation – bei reduzierten Rationen.

Ich wollte hier nie arbeiten. Ich musste es tun, um Lotte zu retten.

Zumindest die grausamen medizinischen Experimente hatten aufgehört, weil der Teufel damit beschäftigt war, seine Schlussfolgerungen aus der Wundbrand-Forschung, die er an diesen armen polnischen Frauen durchgeführt hatte, niederzuschreiben. Annas Atem gefror in ihrer Brust, als die schrillen, herzzerreißenden Schreie der zu Höllenqualen verdammten Gefangenen in ihrem Kopf widerhallten. Mit einem angespannten Kopfschütteln verdrängte sie die Erinnerungen. Es gab nichts, was sie tun konnte.

Zufrieden mit ihrem Aussehen glättete sie ihr bereits perfekt glattes blondes Haar ein letztes Mal und trug leuchtend roten Lippenstift auf. Make-up-Artikel waren heutzutage schwer zu bekommen, aber Doktor Tretters Geld hatte nicht nur für das neue Kostüm gereicht, sondern sogar, um Wimperntusche und einen roten Lippenstift zu kaufen. Den davor hatte sie jahrelang benutzt, bis das letzte bisschen Farbe aufgebraucht gewesen war.

Ursula wird so neidisch sein, dachte sie, bevor sie schauderte und ihre eigene Zurechnungsfähigkeit infrage stellte. Wer um Himmels willen würde eine Frau beneiden, die bei Tag zu einer Gehilfin des Sensenmannes und bei Nacht eine Prostituierte geworden war?

Scham brannte auf ihrem Gesicht und schimmerte blutrot durch den sorgfältig aufgetragenen Puder. Sie schloss für einen Moment die Augen, um Scham und Schuld zu vertreiben. Heute Abend würde sie die schreckliche Wirklichkeit vergessen und die Gelegenheit nutzen, um den Mann kennenzulernen – und zu beeindrucken – den sie bereits bewunderte, seit sie als Kind Frösche und Schnecken seziert hatte: Professor Scherer.

Ein Blick auf den Wecker auf ihrem Nachttisch sagte ihr, dass es höchste Zeit war, die Wohnung zu verlassen. Doktor Tretter würde nicht erfreut sein, wenn sie zu spät kam. Oder vielleicht würde er das. In den letzten Wochen hatte sie schmerzhaft erfahren, dass er es zu genießen schien, wenn sie auch nur die kleinste Verfehlung beging, weil ihm das einen Grund gab, sie zu bestrafen. Wenn sie voller Qualen schrie, bereitete ihm das besonderes Vergnügen.

Anna konnte immer noch nicht fassen, wie ein Mensch so grausam sein konnte. Und der Teufel war nicht der Einzige. Die meisten Aufseher, Männer wie Frauen, im Lager fanden Vergnügen daran, die Insassen zu quälen und sich jeden Tag neue, grausamere Bestrafungen auszudenken. Die Ärzte konkurrierten miteinander darum, wer die abscheulichsten Experimente durchführen konnte, bei denen die Mehrzahl der Patienten nach schrecklichen Qualen starben. Hatten sie nicht alle den hippokratischen Eid abgelegt und gelobt den Menschen zu helfen, statt sie zu peinigen?

Doktor Tretter hatte angeordnet, dass Anna vor dem Gebäude, in dem er lebte, auf ihn warten sollte. Wenige Minuten nachdem sie angekommen war, erschien er in seiner Ausgehuniform der SS, die Brust mit Orden behängt. Zusammen gingen sie zum Parkplatz, wo er sein Auto geparkt hatte. Das Auto allein war ein Beweis dafür, welch hohe Position er innehatte. Seit die Regierung die meisten privaten Fahrzeuge beschlagnahmt hatte, um sie für die Kriegsanstrengungen zu nutzen, besaßen Privatpersonen keine Autos mehr und griffen stattdessen zu Fahrrädern, nutzten öffentliche Verkehrsmittel oder gingen zu Fuß.

Eine halbe Stunde später hielt der Teufel sein Auto vor einer prächtigen schlossartigen Villa an. Uniformierte Wachposten näherten sich dem Auto und öffneten die Türen. Doktor Tretter zeigte seinen Ausweis und übergab dann die Autoschlüssel, bevor er um das Automobil herumging und Anna hinaushalf. Er hielt ihren Ellbogen fest umschlossen, während er sie die beeindruckende Steintreppe hinaufgeleitete, die von römischen Statuen aus weißem Marmor flankiert wurde. *Glaubt er, ich will weglaufen? Wohin denn?*

Am Haupteingang begrüßte sie ein livrierter Diener, inspizierte ihre Einladung und führte sie dann in den großen Saal. Alle beunruhigenden Gedanken verblassten, als Anna den prachtvollen Raum bewunderte. Sie hatte noch nie so einen Prunk gesehen. Funkelnde Kronleuchter, hohe Standuhren mit glänzenden goldenen Rahmen und Gemälde alter Meister schmückten die Halle.

Der Atem blieb ihr im Hals stecken, als sie jedes einzelne Stück geschmackvoller Dekoration bewunderte. Obwohl die Villa nach Reichtum stank, war sie nicht geschmacklos oder protzig. Der große Saal war genau das, was der Name schon sagte: groß. Ein riesiger, funkelnder Kronleuchter hing von der hohen Decke herab und warf ein schimmerndes Licht auf die antiken Holzmöbel.

Die meisten der wichtig aussehenden Männer trugen hochdekorierte Ausgehuniformen, und die kleine Minderheit der Zivilisten trug einen Smoking. Die Frauen trugen Abendkleider, die Annas zweiteiliges Kostüm wie eine von Aschenputtels Schürzen aussehen ließ. Kurzzeitig überwältigt von den glitzernden Stoffen, den eleganten Frisuren und dem sorgfältig aufgetragenen Make-up hatte Anna den plötzlichen Drang, davonzulaufen.

Doktor Tretter trat zu einer Gruppe von Männern und – nach den üblichen Vorstellungen und Hitlergrüßen – beteiligte sich an der Konversation. Anna fühlte, wie sich hektische rote Flecken auf ihren Wangen ausbreiteten, als ihr klar wurde, dass er sie absichtlich niemandem vorstellte. Ein klarer Hinweis für seine Gesprächspartner, wie unwichtig sie war.

Anna ignorierte das unangenehme Gefühl, das ihren Rücken hochkroch, und tat, als hätte sie nichts bemerkt. Auf Doktor Tretters Anweisung folgte sie ihm wie ein Schatten, immer bemüht, die bewundernde Mitarbeiterin zu spielen, und hörte dabei schweigend den Gesprächen der Männer zu.

„Da ist Professor Scherer." Der Teufel packte Annas Arm und zischte: „Wehe, wenn du das vermasselst. Es ist sehr wichtig für meine Karriere, heute Abend einen guten Eindruck auf ihn zu machen."

Sie wollte sich weigern, allein aus dem Grund, um ihm die Chance auf die begehrte Professur an der Charité zu nehmen, selbst wenn sie für ihren Ungehorsam auf dem Scheiterhaufen brennen müsste. Aber als sie den gutaussehenden Mann in den Fünfzigern sah, vergaß sie, wie sehr sie Doktor Tretter verachtete, und sah nur den Professor, dessen Arbeit sie bereits seit mehr als einem Jahrzehnt bewunderte.

Bereits als Kind wollte Anna eine renommierte Humanbiologin werden. Und wenn nicht der Krieg dazwischengekommen wäre, hätte sie irgendwie einen Weg gefunden, ihre Eltern dazu zu überreden, dass sie studieren durfte. Anna brannte vor Ehrgeiz. Eines Tages würde sie sich den Zugang zur Universität erkämpfen und hart genug arbeiten, um eine Karriere zu machen, von der die meisten Männer nur träumen konnten. *Jawohl, ich werde den Professor beeindrucken. Und wie!*

KAPITEL 4

Doktor Tretter näherte sich dem Professor mit einem selbstbewussten Lächeln im Gesicht, ganz der kompetente und erfahrene Mediziner, der er gern sein wollte.

„Herr Professor Scherer, es ist immer ein Vergnügen, Sie zu sehen“, sagte Doktor Tretter, schlug die Fersen zusammen und hob die Hand zum Hitlergruß.

„Doktor Tretter, das Vergnügen ist ganz meinerseits“, antwortete Professor Scherer. Anna stöhnte innerlich ob des Teufels *Versehen,* sie nicht vorzustellen.

„Es gibt so viele Dinge, die ich mit Ihnen über meine neuesten Forschungen über Wundbrand besprechen möchte —“ Tretter stoppte mitten im Satz, als sich der Professor Anna zuwandte.

„Ich fürchte, wir wurden uns nicht vorgestellt, Fräulein?“, sagte Professor Scherer und sah ihr direkt in die Augen. Als ob sie wichtig wäre.

„Das ist Schwester Anna. Sie arbeitet für mich“, knurrte Tretter den Professor an. Sein Tonfall und seine Insolenz würden sein Ansehen weitaus mehr ruinieren, als sie das jemals tun konnte, stellte Anna mit einer diebischen Genugtuung fest.

„Ich freue mich, Sie kennenzulernen, Fräulein...“

„Klausen, Anna Klausen“, sagte Anna.

„Fräulein Klausen. Willkommen in meinem Haus.“ Der Professor streckte ihr seine Hand entgegen, und als sie pflichtbewusst ihre Finger hineinlegte, hob er sie anmutig zu seinen Lippen und gab ihr einen formvollendeten Handkuss.

Anna war von Professor Scherer mehr als nur ein bisschen beeindruckt. Sie hatte seine Arbeit so viele Jahre lang bewundert, dass sie kaum glauben konnte, ihr Idol persönlich zu treffen. Als einer der wenigen anwesenden Männer, der einen Smoking trug, verströmte er die besondere Aura einer Person, die mit einem goldenen Löffel im Mund geboren worden war. Das graumelierte Haar und die Metallbrille unterstrichen sein elegantes Aussehen. Seine tadellosen Manieren, die kultivierte Stimme und die Art und Weise, wie er Tretters Fauxpas moniert hatte, ließen ihn wie einen Halbgott vor Anna erscheinen. Es war offensichtlich, dass er nicht nur ein begabter Wissenschaftler war, sondern auch in den feineren Künsten bewandert.

Weitere Gäste stellten sich zu ihnen und bald wandte sich das Gespräch der nationalsozialistischen Ideologie der Herrenrasse zu. Doktor Tretter machte es sich zur Aufgabe, jeder Aussage zuzustimmen und stets zu wiederholen, was Professor Scherer oder andere hochrangige Nazis von sich gaben. Anna konnte ein Lächeln nicht unterdrücken, als sie bemerkte, dass der Professor nicht allzu beeindruckt war von Tretters eklatanten Bemühungen, ihn für sich zu gewinnen, sondern im Gegenteil höflich unter den Anbiederungen litt.

Anna hätte durchaus an dem Gespräch teilnehmen können, da die Genetik eines ihrer Lieblingsthemen war, aber sie entschied sich, zu schweigen und zuzuhören. Und mit jeder Minute, die verging, wuchs ihre Bewunderung für Professor Scherer. Im Gegensatz zu den meisten anderen Anwesenden schien er kein fanatischer Anhänger der NS-Ideologie zu sein und wandte sich sogar gegen himmelschreiende Behauptungen über die Unterlegenheit bestimmter Rassen mit einem Hinweis auf wissenschaftliche

Forschungen, die solche Behauptungen nicht hatten beweisen können. Dabei formulierte er seine Sätze so sorgfältig, dass keiner der Gäste offen diskreditiert wurde oder ihm Regimekritik nachgesagt werden konnte.

„Eigentlich weiß man nur, wenn man wenig weiß. Mit dem Wissen wächst der Zweifel“, zitierte der Professor.

Anna drehte sich zu ihm und sah ihn fragend an. „Goethe?“

„Sehr gut, gnädiges Fräulein. Sind Sie mit seinen Schriften vertraut?“ Der Professor lächelte sie an, offensichtlich erleichtert, das Thema von der lächerlichen Rassenkunde zu etwas Angenehmerem zu wechseln.

„Einige davon, ja.“ Anna fühlte, wie eine Röte in ihre Wangen stieg, als der Professor sie mit neuem Interesse ansah.

„Oh, ich liebe ein gutes Gespräch über Literatur. Wer ist Ihr Lieblingsautor?“

Anna musste nicht lange nachdenken. „Schiller.“ Ihr jüngerer Bruder Richard war der Bücherwurm der Familie und bevor er in den Krieg geschickt worden war, hatte er ganze Tage mit seiner Nase in einem Buch verbracht. Sie lächelte ob der Erinnerung daran, wie er seine Lieblingsstücke aufgeführt und seinen drei Schwestern Nebenrollen als Bühnenextras zugewiesen hatte.

„Schiller, ein Kampfgenosse Hitlers. Heil Hitler!“ Hans Fabricius, Abteilungsleiter im Innenministerium, erwähnte das Buch, das er 1932 geschrieben hatte.

Anna sah in sein fanatisches Gesicht und sah plötzlich Friedrich Schiller vor sich, wie er sich in seinem Grab umdrehte. Er wäre niemals damit einverstanden gewesen, dass seine Werke zur Rechtfertigung von Massenmorden verwendet wurden. Einige der Männer nutzten die Gelegenheit und lenkten das Gespräch darauf, wie sowohl Schiller als auch Goethe den Nationalsozialismus unterstützt hätten, wenn sie einhundertfünfzig Jahre später gelebt hätten.

Obwohl die Diskussion nun eine andere Wendung genommen hatte, war Doktor Tretter noch nicht fertig mit seinen lahmen Versuchen, Professor Scherer Honig um den Bart zu schmieren. Er trat einen Schritt näher, bevor er sagte: „Ihre Arbeit in der Genetik ist hervorragend, Professor."

„Sie basiert auf den Mendelschen Gesetzen. Haben Sie davon schon mal gehört?", sagte der Professor zu Anna. Ein Schimmern in seinen Augen verriet, wie sehr er es liebte, über seine Forschungen zu sprechen.

„Ich habe alles über Mendels Werk gelesen, was ich in die Finger bekommen konnte", konnte es sich Anna nicht verkneifen zu sagen.

„Bitte verzeihen Sie meine Überraschung, aber Sie sind doch Krankenschwester?" Der Professor hob eine Augenbraue, anscheinend verblüfft von der Vorstellung, dass eine einfache Krankenschwester die komplizierten Gesetze der Genetik verstehen konnte.

„Das bin ich, Herr Professor, aber mehr aus dem Wunsch, meinen Teil zu den Kriegsanstrengungen beizutragen, als aus Leidenschaft. Mein Traum ist es, eines Tages Biologin zu werden." Nervös strich Anna mit den Händen über ihren Rock.

Der Professor sah sie prüfend an. „Und welcher Bereich interessiert Sie am meisten?"

„Humanbiologie. Krankheiten mit neuen Behandlungsmethoden zu bekämpfen. Und die Genetik, um ein besseres Verständnis über Erbkrankheiten zu erlangen."

Doktor Tretter sagte spöttisch: „Die Lösung für erbkranke Schmarotzer ist, zu verhindern, dass sich diejenigen, die mit schlechtem Blut verunreinigt sind, vermehren. Dann gibt es keinen Grund zu *verstehen,* wie sehr ihre Nachkommen *beschädigt* sein werden. Die Herrenrasse kann nur florieren, wenn wir die minderwertigen Elemente unerbittlich verfolgen und vernichten."

Anna schauderte. Das zu vernichten, was die Nazis für minderwertige Elemente hielten, war genau das, was das menschenverachtende Lagersystem Tag für Tag leistete. Das gleiche System, dem sie freiwillig beigetreten war, um ihre Schwester zu retten.

„Unglücklicherweise hat die Schaffung einer reinen und gesunden Rasse einige Rückschläge erlitten. Rassenhygiene mag als die praktikabelste Antwort erscheinen, aber wie Mendel entdeckte, gibt es Dinge, die das bloße Auge nicht sehen kann, die aber trotzdem berücksichtigt werden müssen“, sagte Professor Scherer und wandte sich wieder Anna zu. „Fräulein Klausen, wissen Sie, welcher Schriftsteller dies geschrieben hat? *Was ist Zufall anders als der rohe Stein, der Leben annimmt unter Bildners Hand? Den Zufall gibt die Vorsehung – zum Zwecke muss ihn der Mensch gestalten.“*

„Schiller“, antwortete Anna.

„Richtig. Die Forschung hat gezeigt, dass es Krankheiten gibt, die durch sorgfältige Züchtung und Isolierung der betroffenen Individuen vermieden werden können, aber rezessive Gene überspringen oft eine oder sogar mehrere Generationen, bevor sie wieder auftauchen.“

„Unser Führer hat dieses Problem gelöst, indem er die arische Herrenrasse geschaffen hat“, betonte Dr. Tretter, und Anna befürchtete schon, dass er ihnen ein weiteres *Heil Hitler* entgegenschmettern würde.

„Ja, Doktor Tretter, unser Führer hat großartige Visionen, aber bisher konnten wir nur eine Generation beobachten und wissen nicht, was in der zweiten oder dritten Generation passieren könnte“, antwortete der Professor.

„Und wenn die Vielfalt im Genmaterial zu gering ist, könnte dies in Zukunft zu Problemen mit neuen Erbkrankheiten führen“, sagte Anna.

„Sie scheinen sehr gut mit dem Thema vertraut zu sein“, beglückwünschte sie der Professor.

„Danke.“ Anna errötete bei dem Kompliment des Genetik-Experten und fühlte sich, als hätte sie ein Weihnachtsgeschenk erhalten. Sie saugte das Lob ein und wollte sich in den Arm kneifen, um zu sehen, ob sie träumte.

Der Lagerkommandant, SS-Hauptsturmführer Fritz Suhren, trat zu ihrer kleinen Gruppe. „Entschuldigen Sie, Herr Professor, darf ich Doktor Tretter für ein paar Minuten entführen?“

Der Professor nickte und Anna sprang fast vor Aufregung in die

Höhe über die unverhoffte Gelegenheit, des Teufels Aufsicht zu entkommen und unter vier Augen mit Professor Scherer zu sprechen.

„Sie haben ein wunderschönes Zuhause“, sagte sie, um die plötzliche Stille zu füllen.

„Vielen Dank. Es gehörte dem Verleger Louis Ullstein, bevor er auswanderte.“ Der Professor rückte mit einem traurigen Blick seine Brille zurecht, bevor er weitersprach: „Früher war Ullstein regelmäßig Gastgeber literarischer Diskussionen. Aber Menschen wie er sind hier nicht mehr willkommen.“

„Nicht willkommen? Die Juden sind für den Niedergang der deutschen Kultur verantwortlich. Unser Führer wird das jüdische Problem ein für alle Mal lösen.“ Doktor Tretter war viel zu früh zurückgekehrt und überschüttete sie mit Phrasen der Rassenideologie.

„Natürlich stimme ich dem Standpunkt unseres Führers zu, aber ist die völlige Vernichtung nicht ein wenig hart?“, fragte Professor Scherer etwas unbehaglich. Anna bekam den Eindruck, dass dieser Louis Ullstein mehr als nur ein entfernter Bekannter des Professors gewesen war.

„Wir können keine Ausnahmen machen. Auch der letzte Jude muss von dieser Erde vertrieben werden, oder er wird zurückkommen, um uns zu zerstören.“ Anna hörte Tretters anhaltenden Tiraden über die Verderbnis der Juden nicht länger zu. Was meinte er mit einer Endlösung? Vollständige Vernichtung? Es konnte nicht bedeuten… nein. Das war eine törichte Vorstellung. Nicht nur Tausende, sondern Millionen von Menschen zu töten, das war einfach nicht möglich.

Das war es nicht. Oder war es das?

KAPITEL 5

„Fräulein Klausen, wurden Sie bereits allen vorgestellt?" Der Professor machte eine Handbewegung, welche die Mitglieder ihrer kleinen Runde umfasste.

„Nein, tut mir leid, das wurde ich nicht." Anna schüttelte den Kopf.

Der Professor schnalzte mit der Zunge und machte sich sofort daran, sie mehreren hochrangigen Parteimitgliedern und deren Frauen vorzustellen, die sie alle höflich begrüßten. Im Laufe des Abends verblassten Annas Sorgen über ihre inadäquate Kleidung verglichen mit den anderen Frauen, und sie mischte sich mit zunehmendem Vergnügen unter die anderen Gäste. Die luxuriöse Kleidung und die funkelnde Schönheit besonders der anwesenden Frauen waren eine willkommene Abwechslung zu den wandelnden Toten, mit denen sie täglich zu tun hatte.

Sie biss in ein köstliches Horsd'oeuvre und fragte sich, wann sie zuletzt eine solche Fülle von Speisen gesehen hatte. Für einige Leute schien die Rationierung nicht zu existieren, was besonders deutlich wurde, als sie die Frau eines Generals über den jüngsten Mangel an Orangen klagen hörte. *Neulich? Ich habe seit Jahren keine Orange mehr gesehen.*

Mehrmals am Abend hatte sie die Gelegenheit, sich mit Professor Scherer zu unterhalten, und er war ganz offensichtlich geschmeichelt von ihrem Interesse an und Verständnis für seine Forschung.

Spät am Abend tauchte ein weiterer Gast auf. Anna schielte immer wieder zu ihm hin und fragte sich, warum ihn niemand sonst zu bemerken schien. Trotz seines unscheinbaren schwarzen Anzuges füllte seine Anwesenheit den Raum, und eine Aufmerksamkeit lauerte in seinen Augen, die es ihr kalt den Rücken herunterlaufen ließ.

Der Mann hatte den Körperbau eines Ringers: große, breite Schultern, einen Stiernacken und Hände, die mindestens doppelt so groß waren wie ihre eigenen. Sein dunkelblondes Haar hatte einen militärischen Kurzhaarschnitt, der ihm ein gefährliches Aussehen verlieh, das durch seinen Vollbart noch verstärkt wurde. Als er sie dabei ertappte, wie sie ihn anstarrte, und der Blick seiner eisblauen Augen tief in ihre Seele hineinstarrte, brach in ihrem Körper Hitze aus. Sie hatte das beunruhigende Gefühl, dass er direkt durch ihre sorgfältig aufgesetzte Fassade sehen konnte.

„Wolf!“ Die Stimme des Professors ließ den Mann strammstehen.

„Ja, Herr Professor?“

„Haben Sie dafür gesorgt, dass der Mercedes startbereit ist?“, fragte der Professor und der Mann namens Wolf antwortete mit einem Nicken.

„Wer ist das?“, fragte Anna eine der Frauen, die neben ihr an einem Stehtisch stand und Canapés aß.

„Wer?“ Die Frau in einem königsblauen Abendkleid und mit einer funkelnden Diamantkette um den Hals sah sich um.

„Der Mann, der gerade mit Professor Scherer spricht.“

„Ach so, das ist Peter Wolf, die rechte Hand des Professors. Er fungiert als Fahrer, Privatsekretär und Wachmann.“

Anna wollte noch tausend Fragen über diesen faszinierenden Mann stellen, aber es fiel ihr nichts ein. Die anderen Frauen verloren keine Sekunde und setzten ihr vorheriges Gespräch über Mode fort, als ob der Mann wirklich nicht existierte. *Sieht denn niemand, wie gefährlich er ist?*

Peter Wolf verweilte an der Seite des Professors, scheinbar desinteressiert an der Konversation. Aber jedes Mal, wenn Anna einen Blick zu ihm hinüberwagte, bemerkte sie, dass er in Wirklichkeit aufmerksam zuhörte und die Gäste intensiv studierte. Die wenigen Male, als sich ihre Blicke trafen, fühlte sie sich wie vom Blitz getroffen. Dieser Peter Wolf war in der Tat ein alarmierender Mann.

Doktor Tretter starrte sie böse von der anderen Seite des Raumes an und sie eilte an seine Seite, ein Gähnen verbergend.

„Fräulein Klausen, Sie sehen müde aus. Soll ich meinen Fahrer anweisen, Sie nach Hause zu bringen?“, bot der Professor an.

Ein Rausch der Aufregung strömte durch ihre Adern, aber Anna wusste es besser, als sein Angebot anzunehmen. Sie schüttelte den Kopf und sagte: „Das ist sehr freundlich von Ihnen, Herr Professor, aber Doktor Tretter wird mich nach Hause bringen.“

„Ich wollte Schwester Anna gerade vorschlagen, dass wir uns verabschieden sollten, da sie vor Tagesanbruch bei der Arbeit sein muss“, sagte Tretter mit einem gierigen Glanz in seinen Augen, der sich anfühlte wie ein Schlag in Annas Magengrube. „Herr Professor, vielen Dank für den wundervollen Abend.“

„Es war mir ein Vergnügen. Wir bleiben in Kontakt bezüglich Ihrer Schlussfolgerungen in der Wundbrand-Forschung.“ Nach diesen Worten wandte sich Professor Scherer Anna zu und gab ihr einen Handkuss. „Es war mir ein besonderes Vergnügen, Sie kennenzulernen, Fräulein Klausen. Ich könnte jemanden wie Sie in meiner wissenschaftlichen Arbeitsgruppe gebrauchen.“

„Haben Sie nicht genug Krankenschwestern an der Charité, die sich um die *gesundheitlichen* Bedürfnisse von Ihnen und Ihren Mitarbeitern kümmern können?“, fragte jemand, und die ganze Gesellschaft lachte über den Witz.

Anna ließ sich dadurch nicht verunsichern und antwortete nonchalant: „Es wäre mir eine Ehre, für einen renommierten Wissenschaftler wie Sie arbeiten zu dürfen, Herr Professor.“

Auf der Rückfahrt knisterte eine angespannte Stille im Inneren des Autos. Die schwachen Reflexionen von Mond und Sternen im Schnee bildeten die einzige Lichtquelle. Fließende Nebelschwaden tauchten die Landschaft in unheimliche Schatten und Doktor Tretter fluchte ein paar Mal, als das Auto auf der dunklen und eisigen Straße ins Schleudern kam.

Während sich der Teufel auf die Straße konzentrierte, klammerte sich Anna an Professor Scherers Worte, um ihre Seele mit der Hoffnung auf eine bessere Zukunft zu füllen. Es spielte keine Rolle, ob er nur höflich gewesen war oder es wirklich so gemeint hatte. Seine Komplimente warfen einen Lichtstrahl auf ihre ansonsten düstere Existenz.

Doktor Tretter fuhr am Schwesternwohnheim vorbei und parkte vor dem Gebäude für die Ärzte. Von außen sahen beide Häuser gleich aus, aber natürlich bestanden die Wohnräume der Ärzte aus mehr als einem Einzelzimmer mit Gemeinschaftsbad.

Anna biss sich auf die Unterlippe und jeder Muskel in ihrem Körper verspannte sich. Er würde sie heute Abend wieder missbrauchen.

Für ein paar Stunden hatte sie diesen ständigen Alptraum vergessen und sich sogar vorgemacht, dass sie all dem entkommen könnte. Aber jetzt folgte sie ihm in seine Wohnräume, hängte ihren Mantel an die Garderobe und legte ihre Handtasche, Handschuhe und Hut auf den Tisch im Wohnzimmer. Mit verschränkten Armen stand sie da, verbarg so gut es ging ihr Zittern und wartete auf seine Befehle. Er ging in die Küche und goss sich ein Glas Wein ein, bevor er zurückkehrte, um sie zu mustern.

„Du warst heute Abend ein braves Mädchen, Anna. Professor Scherer war sehr von dir angetan, und das wird mir sicherlich helfen, die Professur an der Charité zu erhalten. Zur Belohnung werde ich jetzt *gut* zu dir sein." Sein gieriger Blick rollte ihr die Zehennägel auf. Anna wusste nicht, was schlimmer war, wenn er sie mit all seiner sadistischen Grausamkeit überschüttete, oder wenn er darauf bedacht war, sie den Missbrauch genießen zu lassen. „Jetzt zieh dich aus und warte im Bett auf mich, während ich meinen Wein austrinke."

Anna nickte und durchquerte das Wohnzimmer. Sie zögerte einen Moment, aber das Gefühl, wie sich sein Blick in ihren Rücken bohrte, ließ sie flink die Schwelle zu dem Raum überschreiten, in dem sie schon so oft furchtbare Qualen ertragen hatte.

Heute Abend würde es nicht anders sein.

Annas Seele verließ ihren Körper und kehrte zurück zu der Abendveranstaltung und zu den wunderbaren Gesprächen mit Professor Scherer. *Ich könnte jemanden wie Sie gebrauchen.* Sie lächelte und dachte an all die Möglichkeiten und ihr Herz füllte sich mit neuer Hoffnung. Im Geiste führte sie mit ihm eine lebhafte Diskussion über die neuesten Forschungen über Bakterien und mögliche Anti-Bakterien, und sie brannte vor Stolz, wenn er sie für ihre gute Arbeit lobte.

„Das war gut, nicht wahr?" Doktor Tretters Stimme und ein schmerzhaftes Kneifen in die zarte Haut ihrer Brust beendeten den Traum. Sie erinnerte sich nicht daran, dass er ins Schlafzimmer gekommen war, und ganz sicher nicht an das, was er mit ihrem Körper gemacht hatte. Trotzdem nickte sie, um nicht bestraft zu werden.

„Jetzt zieh dich an und verschwinde von hier." Er rollte sich zur Seite und begann innerhalb weniger Augenblicke zu schnarchen.

Anna kehrte vollends in die Gegenwart zurück und setzte sich auf, wobei sie das schmerzhafte Stöhnen unterdrückte, das ihrem Mund zu entkommen drohte. *Dieser Mann ist ein Monster, und doch bin ich ihm Tag für Tag zu Willen.* Für einen flüchtigen Moment spielte sie mit der Idee, ein Messer in seine Halsschlagader zu stechen, aber sie konnte es nicht tun. Sie war keine kaltblütige Mörderin.

Einige Minuten später schlüpfte sie aus seiner Wohnung und eilte in ihr eigenes Zimmer auf der anderen Seite des Geländes. So spät in der Nacht war es im Lager still. Lautlos genug, dass man seine Existenz ignorieren konnte und so tun, als gäbe es diesen schrecklichen

Ort nicht. Als müssten nicht jeden Tag Abertausende von Gefangenen schrecklichste Dinge erleiden. Als ob die Vernichtung ganzer Bevölkerungsgruppen nur ein Auswuchs ihrer krankhaften Vorstellungskraft war.

Aber das alles gab es wirklich. Und sie wusste es. Morgen früh würde sie sich dem Ganzen wieder stellen müssen. Zwar war sie nicht die treibende Kraft dieser Vernichtungsmaschinen, aber sie spielte ihre Rolle als Rädchen im Getriebe, und das belastete ihr Gewissen.

Anna weinte Tränen der Reue und wünschte, sie könnte die Schuld über das, was aus ihr geworden war, aus sich herausheulen. Sie starrte das Telefon an und wollte Ursula anrufen, um die schöneren Ereignisse des Abends mit ihr zu teilen. Aber es war weit nach Mitternacht, und wenn Ursula nicht arbeitete, würde sie tief und fest schlafen.

Nein, sie würde stattdessen die Flamme der Hoffnung in ihrem Herzen entfachen und davon träumen eines Tages Ravensbrück und den Teufel zu verlassen.

KAPITEL 6

Am nächsten Morgen wachte Anna mit einem Lächeln auf den Lippen auf. Ihr inneres Licht strahlte noch hell, als sie zur Arbeit ging. Ihre gute Laune war so offensichtlich, dass sogar ihre Kolleginnen sie mit dem neuen Mann in ihrem Leben aufzogen. Es war wahr, nur nicht so, wie sie dachten.

Anna nahm am morgendlichen Appell teil, zählte die kranken Frauen und die Toten und ging dann ihren täglichen Aufgaben auf der Krankenstation nach. Die Appelle hätten weniger zeitaufwendig sein müssen, da jeden Tag so viele Gefangene starben. Aber es schien so, dass für jede tote Frau zwei neue mit den Viehtransportern ankamen.

Ihr Herz verkrampfte sich immer, wenn sie die verängstigten Gesichter der Neuankömmlinge sah. Als hätte sich keine von denen jemals vorstellen können, dass die Erde schlimmer sein könnte als die Hölle. Anna hatte schnell gelernt, diejenigen, die aus anderen Konzentrationslagern kamen, von denen zu unterscheiden, die zum ersten Mal das Innere eines Lagers sahen. Es war nicht nur das verhungerte Aussehen der Veteranen, sondern auch das gelöschte Licht in ihren Augen. Ganz so, als hätte ihre Seele diese Welt bereits vor langer Zeit verlassen und nur die erbärmliche sterbliche Hülle wäre zurückgeblieben.

Und es gab nichts, was Anna für sie tun konnte.

Im Laufe des Tages kamen immer mehr Frauen in die Krankenstation, zu krank oder schwach, um zu arbeiten. Obwohl Anna nie Krankenschwester werden wollte, hatte sie immer helfen und heilen wollen. Die Machtlosigkeit ihrer Situation brannte wie heiße Kohle in ihrer Brust.

Während der Mittagspause ging sie mit den anderen Krankenschwestern in die Kantine, wo Gefangene des Küchenkommandos das Essen servierten. Anna vermied es peinlichst, den Frauen dabei in die Augen zu sehen, denn das würde sie dazu zwingen, den Hunger darin zur Kenntnis zu nehmen. Es musste bitterste Grausamkeit sein, Anderen das Essen zu servieren, während man selbst so wenig Nahrung bekam, dass es zum Leben zu wenig, aber zum Sterben zu viel war.

Einige der Aufseherinnen fanden großen Gefallen daran, das Elend der Gefangenen zu verschlimmern. Am Nachbartisch bot eine besonders sadistische Aufseherin einer Gefangenen ein Stück Brot an und schlug sie dann mit der Peitsche, als diese ihre Hand nach dem Essen ausstreckte. Anna würgte, erhob sich von ihrem Stuhl und drückte ihr halb volles Tablett in die Hände einer Gefangenen, in der Hoffnung, dass diese einen Weg finden würde, heimlich die Essensreste in den Mund zu schieben.

Anna brauchte dringend frische Luft, die nicht nach Tod und Krankheit roch, und verließ das Lager durch das Eingangstor, gerade als eine weitere Zugladung verängstigter Frauen eintraf. *Zum Teufel mit Hitler!,* fluchte Anna schweigend. Sie hoffte, dass es einen besonderen Platz für ihn geben würde, wo es millionenfach schlimmer war als in Ravensbrück.

Die restlichen fünfzehn Minuten ihrer Mittagspause ließen ihr nicht viele Möglichkeiten, sodass Anna sich nach links wandte, wo ein kleiner, von Pappeln umsäumter, künstlicher See lag. Das Bild der Ruhe und des Friedens war ein starker Kontrast zum Leben im

Lager. Bei den eisigen Januartemperaturen war der See zugefroren und Kinder aus dem nahegelegenen Ravensbrück rutschten über das Eis und spielten Fangen. Leider musste sie schon bald wieder zurück auf die Krankenstation, behielt aber den erfrischenden Anblick von Normalität im Gedächtnis. Gerade als Anna auf der Krankenstation ankam, stürmte eine Aufseherin schwer atmend herein.

„Gibt es einen Notfall?“, fragte eine der Schwestern.

„Nein.“ Die junge Frau schüttelte den Kopf. „Der Lagerkommandant will sofort Schwester Anna sehen.“

Annas Blut gefror in ihren Adern, als sie sich bewusst langsam umdrehte und die Aufseherin fragte: „Hauptsturmführer Suhren will mich sehen?“

„Ja, sind Sie Schwester Anna?“

„Das bin ich.“ Anna nickte und vermied die ängstlichen Blicke, mit denen ihre Kollegen sie ansahen. „Worum geht es denn?“

„Das weiß ich nicht, aber Sie müssen sofort mit mir kommen.“

Anna knöpfte ihren Mantel wieder zu und folgte der Aufseherin, während sie unauffällig ihre schweißnassen Handflächen an ihrem Mantel abwischte. Jeder Schritt fühlte sich an, als würde sie durch dicken Schlamm waten. Ihr Verstand raste, tausend Gedanken stürzten auf sie ein, während sie versuchte herauszufinden, was sie falsch gemacht haben könnte. Hatte jemand sie verpfiffen, weil sie Essen auf ihrem Teller gelassen hatte, bevor sie ihn der Küchenhilfe gegeben hatte? Hatte ihr Lächeln heute Morgen einen Verdacht geweckt? Oder... hatte Doktor Tretter seine Drohung, sie hinrichten zu lassen, wahr gemacht?

Als sie das Verwaltungsgebäude betrat und der Aufseherin durch die langen Flure folgte, konnte sie nicht verhindern, dass ihre Hände zitterten. Allein der Versuch, normal zu atmen, nahm ihre ganze Konzentration in Anspruch. Die Krankenschwestern wurden niemals in das Büro des Lagerkommandanten zitiert, es sei denn, sie hatten sich etwas schwerwiegendes zuschulden kommen lassen. Persönlich hatte Anna das nie miterlebt, aber ihre Kolleginnen wussten von zwei Fällen, und beide Male war die herbeigerufene Krankenschwester später den Erschießungsgang hinuntergegangen.

„Der Kommandant wird Sie jetzt empfangen“, sagte seine Sekretärin und zeigte auf die Tür neben ihrem Schreibtisch.

Anna presste ihre Hände zusammen und sagte sich, dass sie, egal was als Nächstes geschah, stark sein und sich der Situation mit erhobenem Kopf stellen würde. Sie machte einen zögerlichen Schritt und dann noch einen und ließ sich von ihren Füßen in den Raum tragen, in dem ihre Zukunft höchstwahrscheinlich bereits entschieden war.

Ihre Augen auf den Boden geheftet, betrat sie das Büro, wo sie nur einmal zuvor, an ihrem ersten Arbeitstag, gewesen war.

„Heil Hitler“, sagte eine männliche, nicht unfreundliche Stimme.

Anna wiederholte den Gruß und hob dabei schüchtern den Kopf, um den Mann anzusehen. Sie sprang beinahe rückwärts, als sie den freudestrahlenden Professor Scherer neben dem Kommandanten stehen sah.

„Sie wollten mich sprechen?“, fragte sie, während ihr Blick zwischen den beiden Männern hin- und hersprang.

„Ja, Fräulein Klausen, bitte setzen Sie sich.“ Hauptsturmführer Suhren ging zu einem kleinen Tisch mit drei Stühlen und gestikulierte, dass sie dasselbe tun sollte. Mit einem heftig hämmernden Herzen nahm sie Platz.

„Professor Scherer ist mit einer außergewöhnlichen Bitte an mich herangetreten.“ Suhren kratzte sich am Kinn, als ob er ein unverständliches Rätsel zu lösen habe. „Er hat mich gebeten, Ihrer Versetzung in seine Forschungsabteilung an der Charité zuzustimmen. Vorausgesetzt, Sie sind einverstanden.“

Annas Kinnlade klappte auf bis zum Boden. „Ich? Natürlich bin ich einverstanden.“ Sie blickte zu Suhren, der über die Situation nicht allzu glücklich schien, und fügte hastig hinzu: „Es ist nicht so, dass ich nicht gerne hier arbeite, Herr Hauptsturmführer, aber wenn meine Dienste die Kriegsanstrengungen anderswo besser unterstützen, dann werde ich die letzte Person sein, die sich dagegen sträubt.“

Sie blickte starr geradeaus und unterdrückte den Drang, aufzuspringen und ihre Freude laut herauszuschreien.

„In der Tat habe ich bereits mit dem Reichserziehungsminister gesprochen, und er befürwortet mein Anliegen, eine kompetente Krankenschwester wie Fräulein Klausen für meine Forschungsarbeit an der Charité einzustellen“, sagte Professor Scherer.

Anna erinnerte sich vage daran, dass sie am Vorabend Reichserziehungsminister Rust vorgestellt worden war. Sie betrachtete die beiden Männer und erkannte, dass Professor Scherer nicht der herausragende Wissenschaftler geworden war, indem er Zeit verschwendet und Entscheidungen in die Hände anderer gelegt hatte.

Die Anzahl der befohlenen Untergebenen war ein direktes Zeichen von Macht, und niemand wollte einen Mitarbeiter verlieren, geschweige denn an eine andere Person abtreten. Aber da sich der Professor bereits die Unterstützung höherer Instanzen gesichert hatte, musste der Lagerkommandant gute Miene zum bösen Spiel machen.

„Nun, dann ist es beschlossene Sache“, sagte der Professor, „Fräulein Klausen wird ab dem kommenden Montag in meiner Forschungsgruppe in der Charité arbeiten.“

Anna nickte, immer noch fassungslos über die Geschwindigkeit der Ereignisse. „Es wird mir eine Ehre sein, für Sie zu arbeiten, Herr Professor. Ich bewundere Ihre Forschungen seit vielen Jahren.“ Dann kam ihr ein schrecklicher Gedanke und ihr Blut erstarrte zu eisigen Klumpen. *Der Teufel. Das wird ihm gar nicht gefallen.*

Als ob Suhren ihre Gedanken gelesen hätte, ging er zu seinem Schreibtisch und nahm den Telefonhörer ab. „Können Sie bitte nach Doktor Tretter schicken? Ich möchte ihn umgehend sprechen.“

Es dauerte keine fünf Minuten, bis ein Klopfen an der Tür die Ankunft ihres Peinigers anzeigte. Obwohl sie wusste, dass er es nicht wagen würde sie anzufassen, solange die beiden höherrangigen Männer im selben Raum waren, lief ein Zittern durch ihre Glieder.

Die Sekretärin kündigte Doktor Tretters Ankunft an und kurz darauf schritt er in seinen blankpolierten schwarzen Lederstiefeln durch die Tür. Als er sie erblickte, blickte er finster, aber sein

Gesichtsausdruck verdüsterte sich noch mehr, als er den Professor entdeckte. „Egal was Schwester Anna angestellt hat, ich kann Ihnen versichern, dass ich sie bestrafen werde..."

„Fräulein Klausen hat nichts angestellt, Doktor Tretter", sagte der Lagerkommandant. „Professor Scherer hat darum gebeten, dass sie in seine Forschungsgruppe an der Charité versetzt wird. Und da ich selbstverständlich seine kriegswichtige Arbeit unterstütze, helfe ich gerne aus."

Lügner. Du würdest ihm die Augen auskratzen, wenn du dir nicht in die Hose machen würdest, weil der Reichserziehungsminister meiner Versetzung zugestimmt hat.

Doktor Tretter sah Anna mit einem Blick an, der fürchterliche Konsequenzen versprach, und schüttelte dann den Kopf. „Bei allem Respekt, Hauptsturmführer Suhren, ich brauche Schwester Anna hier. Wir sind ohnehin schon unterbesetzt."

„Sie müssen ohne sie auskommen. Es ist ja nicht so, als ob Sie sich tatsächlich um Ihre Patienten kümmern würden", sagte Suhren mit einem verächtlichen Unterton. „Fräulein Klausen wird ihren Posten bei uns aufgeben und in einer Woche ihre neue Stelle antreten."

„Ganz wie Sie wünschen." Doktor Tretter ballte die Hände zu Fäusten, beugte aber den Kopf als Zeichen der Zustimmung.

Anna schluckte hart und sammelte dann all ihren Mut, um dem Professor zu danken. „Vielen Dank, Herr Professor, für Ihr Vertrauen. Wir sehen uns in einer Woche in Berlin und ich garantiere Ihnen, ich werde Sie nicht enttäuschen."

„Ich hätte Sie nicht eingestellt, wenn ich nicht davon überzeugt wäre", sagte der Professor mit einem freundlichen Nicken.

„Es gibt Arbeit zu erledigen", erinnerte Tretter sie von der Tür aus, die er für sie auf hielt.

Anna nickte und schlüpfte an ihm vorbei durch die Tür. In der Hoffnung, die unvermeidliche Konfrontation aufzuschieben, bis er sich von dem Schock erholt hatte, eilte sie zurück in Richtung Krankenstation, aber als sie an einer leerstehenden Baracke vorbeikam, holte er sie ein und schubste sie unsanft an die dem Lager abgewandte Wand.

„Ich werde es dir heimzahlen, du falsche Schlange!“ Seine Hand umklammerte ihre Kehle und Panik kroch ihren Rücken hoch.

„Bitte, das war für mich genauso überraschend wie für Sie“, stammelte sie.

„Das glaube ich dir keine Sekunde lang“, sagte er und lockerte seinen Griff etwas. Anna rang nach Luft, hatte aber viel zu viel Angst, um sich gegen ihn zu wehren. Er bemerkte die Panik in ihren Augen und ein grausames Lächeln erschien auf seinen Lippen, als sich sein Ausdruck von wütend zu erregt wandelte. Annas Panik wurde größer, als er eine Hand unter ihren Mantel schob. „Genau so mag ich dich.“

„Gibt es hier ein Problem?“ Eine tiefe Stimme bellte die Frage, und Anna war nie glücklicher, zwei SS-Wachen zu sehen, die ihre Gewehre auf sie gerichtet hatten.

„Kein Problem, ich bin der Chefarzt“, sagte Doktor Tretter, drehte sich um und richtete sich zu seiner vollen Größe auf. „Diese Krankenschwester hatte einen Nervenzusammenbruch, aber es geht ihr schon besser. Ist es nicht so, Schwester Anna?“

„Ja, mir geht es wieder gut.“ Anna nickte und duckte sich unter Tretters Arm hindurch, um auf die Krankenstation zu flüchten, bevor er sie noch mal aufhalten konnte.

„Die Krankenschwestern sind Weicheier, warum brauchen wir die überhaupt hier?“, sagte einer der Aufseher.

„Ich würde meinem Mädchen nicht erlauben zu arbeiten. Eine gute Frau bleibt zu Hause und kümmert sich um ihren Mann und ihre Kinder“, antwortete der andere.

Der Rest des Tages verging wie im Flug. Anna schaffte es kaum, ihre Aufregung zu verbergen. Es war wie im Märchen: Eine gute Fee war erschienen und hatte Anna einen Wunsch erfüllt. Sie würde diese Chance ihres Lebens mit beiden Händen packen und Professor Scherer beweisen, dass sie seines Vertrauens würdig war.

Am Abend ging sie mit einer neu entdeckten Leichtigkeit in ihr

Zimmer und platzte beinahe mit dem Bedürfnis, jemandem die glückliche Fügung mitzuteilen. Aber leider hatten die letzten schweren Luftangriffe auf Berlin große Teile der Kommunikation zerstört und Mutters Telefonleitung war tot. Von Sorge überwältigt wählte Anna mit zitternden Händen die Nummer des Gefängnisses, in dem Ursula arbeitete.

„Schneider, Gefängnis Plötzensee“, antwortete Frau Schneider, Ursulas Vorgesetzte.

„Anna Klausen, ich bin die Schwester von Ursula Hermann. Bitte verzeihen Sie die Störung, aber die Telefonleitung zu Hause ist tot und ich war in Sorge, ob der letzte Bombenanschlag...“ Anna ließ den Rest des Satzes unausgesprochen.

„Ihre Schwester kam heute morgen gesund und munter hier an, also besteht kein Grund zur Sorge“, antwortete die Frau am anderen Ende der Leitung.

„Bitte verzeihen Sie mir, dass ich angerufen habe, aber —“

„Wir sind alle besorgt. Glücklicherweise ist nichts Schlimmes passiert. Unsere Luftwaffe wird schon bald den Engländer wieder auf seine Insel schicken. Guten Abend.“

„Guten Abend, Frau Schneider, und danke nochmals.“

Beruhigt fiel Anna auf den einzigen Stuhl und schrieb einen Brief an Mutter und Ursula mit ihren fantastischen Neuigkeiten. Erst spät in der Nacht schlief sie mit einem Lächeln auf ihrem Gesicht ein, ihre Träume voller wunderbarer Dinge, die sie in den kommenden Jahren erreichen würde.

KAPITEL 7

Es war vorbei! Anna hatte so lange die Tage, Stunden und dann Minuten gezählt, bis sie diesen schrecklichen Ort endlich verlassen konnte, dass sie es kaum glauben konnte, als die Zeit endlich gekommen war.

Sie legte die letzten persönlichen Kleidungsstücke in den Koffer und schloss den Deckel. Die Schwesternuniform musste bleiben, aber darüber war sie nicht unglücklich. Je weniger Erinnerungen sie an ihre Zeit hier hatte, desto zufriedener wäre sie.

Der Teufel hatte sich in den letzten sechs Tagen selbst übertroffen und sich täglich neue, grausame Methoden ausgedacht, um sie zu quälen. Mehr als einmal hatte er sie an ihre Grenzen gebracht, und nur das Wissen, dass ihr Martyrium bald zu Ende sein würde, hatte sie am Leben erhalten.

Professor Scherers Wagen würde jede Minute ankommen, um sie nach Berlin zu fahren, zu ihrer neuen Aufgabe und ihrem neuen Leben – ohne die Anwesenheit des Teufels. Der Klang einer Hupe riss sie aus ihren Tagträumen und sie eilte hinunter auf die Straße.

Beim Anblick der glänzenden schwarzen Mercedes-Limousine, die vor der Tür stand, entfuhr ihr ein bewunderndes „Oh“. Es war die gleiche Art von Wagen, die der Führer selbst und seine Minister benutzten. Sie hatte noch nie ein so schönes Fahrzeug aus der Nähe gesehen und hätte nie gedacht, dass sie einmal darin sitzen dürfte.

Ein mulmiges Gefühl machte sich in ihrem Magen breit, aber sie ignorierte es und bewunderte stattdessen das feine Auto. Der glänzend schwarze Lack, das schwarze Lederverdeck, das aufgrund der kalten Temperaturen fest verschlossen war. Silbern leuchtende Felgen funkelten im Licht und der verchromte Kühlerschutz reflektierte die Sonne, die von einem klaren blauen Himmel schien.

Für Anna war es wie der Himmel auf Rädern.

Ein großer Mann in einem dunklen Anzug mit Messingknöpfen und einer Fahrerkappe stand neben dem Wagen und wartete auf sie. Anna lugte durch das Fenster auf die hellbraunen Ledersitze im Inneren und fragte sich, wo der Professor war. Als sie einen Schritt in Richtung des Mercedes‘ machte, hob der Fahrer seinen Kopf und ihr Puls beschleunigte sich, als sie in die eisblauen Augen von Peter Wolf starrte.

Er kam auf sie zu, nahm ihr den Koffer aus der Hand und verstaute ihn mit einer geschmeidigen pantherartigen Bewegung im Kofferraum. Dann öffnete er die hintere Beifahrertür und bedeutete ihr einzusteigen.

„Herr Wolf... wo ist der Professor?“, fragte sie mit wie verrückt klopfendem Herzen.

„Der Professor ist vor zwei Tagen auf eine Geschäftsreise gegangen. Sind Sie bereit, Fräulein Klausen?“, sagte er mit einer rauen Stimme, die ihr eine Gänsehaut über die Arme jagte. Es war aufregend und beunruhigend zugleich.

Sie hatte noch nie zuvor eine solch starke Reaktion auf einen Mann gehabt, und während sein Äußeres sie anzog, spürte sie gleichzeitig, dass etwas Gefährliches unter seiner Oberfläche lauerte. Er trug den gleichen Gesichtsausdruck, den sie selbst oft benutzte, um jemanden von ihrer Unschuld zu überzeugen, wenn sie in Wirklichkeit wie gedruckt log. Dieser Mann verbarg ein dunkles Geheimnis, da war sie sich sicher.

„Ich weiß nicht... Ich meine, ich wusste nicht, dass Professor

Scherer nicht mitkommen wird“, stammelte Anna, während sich ihre ursprüngliche Freude in Entsetzen verwandelte. Was, wenn diese neue Anstellung nur eine List war? Wenn Herr Wolf in Wirklichkeit geschickt worden war, um sie zu töten... oder schlimmer noch? Es war eine zweistündige Fahrt nach Berlin, durch großenteils unbewohntes Gebiet. Er konnte jeden Moment anhalten und niemand würde je etwas erfahren.

„Steigen Sie ein, wir müssen los. Ich werde nicht beißen“, sagte Herr Wolf, als ob er ihre Gedanken lesen könnte.

Anna nickte und seine Lippen kräuselten sich zu einem Lächeln. Wenn er nicht diese intensiven blauen Augen hätte, wäre sie viel beruhigter. Diese Augen hatten mit Sicherheit Dinge gesehen, die niemand sehen sollte. Augen, die die Wahrheit verschwiegen. Augen, die sie kribbelig machten.

Sie atmete tief durch und stieg in den Wagen. Professor Scherer würde sie nicht in die Obhut eines Serienmörders geben, und dieser Mann würde es nicht wagen, der neuen Mitarbeiterin seines Chefs ein Haar zu krümmen. Zumindest hoffte sie das.

Herr Wolf setzte sich hinter das Steuerrad und startete den Wagen. Aber trotz des komfortablen Interieurs und des monotonen Motorengeräusches konnte sie sich nicht entspannen. Dieser Mann faszinierte sie.

„Freuen Sie sich darauf, nach Berlin zurückzukehren?“, fragte er, nachdem er in die Hauptstraße eingebogen war.

Anna nickte und realisierte dann, dass er sie wahrscheinlich nicht sehen konnte. „Ja. Ich bin froh, das Lager zu verlassen.“

„Dort zu arbeiten war hart?“ Seine raue Stimme hatte einen seltsamen Unterton.

„Ich... Täglich mit so viel Krankheit und Tod zu arbeiten, ohne wirklich etwas dagegen machen zu können, war schwer.“ Sobald die Worte ausgesprochen waren, hätte Anna sie am liebsten zurückgenommen. Erst als er nicht beunruhigt wirkte oder sie wegen ihrer unterschwelligen Regimekritik weiter befragte, entspannte sie sich etwas.

„Professor Scherer sagte, Sie haben eine Unterkunft in Berlin? Könnten Sie mir bitte die Adresse geben?“

Anna riss den Kopf hoch. *Warum will er meine Adresse*? Aber dann kam ihr in den Sinn, dass ihm befohlen worden war, sie nach Berlin zu bringen, und er konnte sie ja schlecht mit ihrem Koffer mitten Unter den Linden absetzen. Sein Chef würde das sicher nicht gutheißen.

„Ich lebe bei meiner Mutter und meiner Schwester.“ Sie gab ihm die Adresse und fügte sicherheitshalber hinzu: „Sie erwarten mich.“

Er musste ihre Angst bemerkt haben, denn er sagte mit einem Glucksen: „Professor Scherer hat mir aufgetragen, Sie sicher nach Hause zu bringen – wenn es das ist, was Ihnen Sorgen bereitet?“

„Woher wussten Sie das?“ Anna schlug eine Hand vor ihren Mund, aber die Worte hingen bereits in der Luft.

„Es ist meine Aufgabe, über alles Bescheid zu wissen, Fräulein Klausen. Oder bevorzugen Sie Schwester Anna?“ Anna konnte sein Gesicht nicht sehen, aber sie *hörte* das amüsierte Lächeln in seiner Stimme. Und spürte das herrliche Zittern, das es durch ihren Körper jagte.

„Bitte sagen Sie einfach nur Anna“, antwortete sie und hoffte, dass er ihr Verhalten nicht für unangemessen halten würde.

„Anna.“ Er sprach ihren Namen wie eine verbale Liebkosung aus und betonte dabei jeden einzelnen Buchstaben. Für einen Moment glaubte sie, einen Akzent in seiner Stimme bemerkt zu haben, aber das musste ihre Einbildung gewesen sein. „Ein wunderschöner Name. Bitte nennen Sie mich Peter.“

„Peter. Arbeiten Sie schon lange für den Professor?“, begann sie ein Gespräch.

„Das kommt darauf an, was Sie für lang halten. Ich bin mir sicher, sie werden gerne für Professor Scherer arbeiten. Er ist ein großzügiger Mann und behandelt seine Mitarbeiter gut.“

„Ich bin sehr dankbar für das Angebot, in seiner Forschungsgruppe arbeiten zu dürfen. Ich habe immer davon geträumt, eines Tages Biologin zu werden“, sagte Anna und wartete. Normalerweise lachte ihr Gesprächspartner an dieser Stelle und antwortete etwas wie *eine Frau will Wissenschaftlerin werden?* Ganz so, wie es Professor Scherers Gäste auf der Abendveranstaltung getan hatten.

Stattdessen sagte Peter: „Ich bin sicher, dass Sie Ihren Weg gehen werden.“ Nach einigen Minuten des Schweigens fragte er: „Kommen Sie aus Berlin?“

„Ja. Ich liebe diese Stadt... oder zumindest das, was sie vor dem Krieg gewesen ist.“ Anna strahlte vor Stolz und sprudelte über von all den fantastischen Dingen, die die Hauptstadt anbot oder geboten hatte, bevor die englischen Bomber ihr Bestes getan hatten, sie Nacht für Nacht in einen Trümmerhaufen zu verwandeln. Das einzig Gute an ihrem Aufenthalt in Ravensbrück war, dass sie dort von den Luftangriffen und der daraus resultierenden Zerstörung verschont geblieben war. Aber sogar von Ravensbrück aus hatte sie manchmal den orange leuchtenden Schimmer am Nachthimmel gesehen, wenn ihre geliebte Heimatstadt mal wieder lichterloh brannte. Und jedes Mal war sie vor Sorge um ihre Lieben beinahe gestorben.

„Was ist mit Ihnen? Wo kommen Sie her?“, fragte sie.

Peter zuckte mit den Schultern. „Ich bin viel herumgereist, aber jetzt lebe ich in Berlin.“

Wieder hatte Anna das Gefühl, dass er etwas verheimlichte. Seine Nackenmuskulatur war plötzlich angespannt und machte nur allzu deutlich, dass er keine weiteren Fragen über seine Herkunft zu hören wünschte. Dieser Tage konnte es bereits problematisch sein, wenn man im falschen Stadtbezirk geboren worden war.

Vielleicht war er ein Mischling und hatte ein oder mehrere jüdische Großeltern. Sie untersuchte sein Profil, um nach den typischen Merkmalen der jüdischen Rasse zu suchen, bevor sie über ihre eigene Dummheit lachte. Sie war zu lange der NS-Ideologie ausgesetzt gewesen und hatte darüber ihre wissenschaftlichen Fakten vergessen. Nicht alle Juden hatten Hakennasen und dunkle Haare. Nicht einmal die Hälfte der jüdischen Gefangenen in Ravensbrück sah typisch jüdisch aus. Allerdings sah nach einigen Wochen im Lager niemand mehr auch nur annähernd wie ein Mensch aus.

Anna hatte ihre eigene Schwester Lotte kaum erkannt, als sie sie zum ersten Mal im Lager wiedergesehen hatte. Ein Seufzer entwischte ihrer Kehle, als die Erinnerungen sie zu überwältigen drohten.

„Geht es Ihnen gut?", fragte Peter und drehte sich um, um sie anzusehen.

„Ja. Kein Grund zur Sorge", antwortete sie und beugte sich vor, sodass ihre Unterarme die Rückseite des Vordersitzes berührten. Peter bewegte seine Hand, als wolle er ihren Ellenbogen berühren, überlegte es sich dann aber anders und umfasste wieder das Lenkrad.

„Sie tragen ja eine Pistole!", platzte Anna heraus, nachdem sie einen Blick auf die Waffe erhascht hatte, die in einem Schulterhalfter befestigt war.

„Eine Mauser. Nur für den Fall der Fälle", antwortete er.

„Nur für den Fall, dass was?" Anna presste ihre Hände zusammen. Sie konnte nicht anders, aber der Anblick der glatten schwarzen Pistole brachte ihr das Geräusch von Klicks und Schüssen in den Sinn. Klicken und schießen. Ein Schrei. Der Aufprall eines zusammenbrechenden Körpers. Sie verbarg ihr Gesicht in ihren Händen.

„Ich habe sie noch nie benutzt", fügte er hinzu und drehte sich wieder um. Sein Blick sollte beruhigend wirken, aber Anna glaubte ihm kein Wort. Tief in seinen Augen konnte sie die Wahrheit sehen. Vielleicht hatte er genau diese Waffe noch nie benutzt, aber er hatte schon einmal getötet. Die Angst sickerte in jede ihrer Zellen und sie lehnte sich wieder im Rücksitz zurück, während ihre Gedanken unablässig um die Frage kreisten, warum der Fahrer des Professors eine Waffe trug.

„Ist das die Straße?", fragte er einige Zeit später, als er in die Straße einfuhr, in der sie wohnte.

„Ja. Das Gebäude da drüben." Anna war sich nicht sicher, ob sie ihm vertrauen konnte oder nicht. Obwohl er nichts Verdacht Erregendes getan hatte, *wusste* sie einfach, dass er nicht derjenige war, der er vorgab zu sein.

Er parkte vor dem Gebäude, stieg aus und ging um das Auto

herum, und öffnete ihr die Tür. Dann wuchtete er ihren Koffer aus dem Kofferraum.

„Welche Etage? Ich trage Ihnen das Gepäck bis zur Wohnungstür“, bot er höflich an.

Anna schüttelte den Kopf und riss ihren Koffer aus seinen Händen. Sie konnte sich lebhaft den Klatsch vorstellen, sollte ihre neugierige Nachbarin, Frau Weber, bemerken, dass ein gutaussehender Mann wie Peter ihren Koffer nach oben trug.

„Das mache ich lieber selber. Danke fürs Herbringen.“

Peter deutete eine Verbeugung an und tippte die Hand an seinen Hut. „Es war mir ein Vergnügen. Ich hoffe, wir sehen uns öfter, Anna.“

Anna nickte und ein seltsames Gefühl ergriff Besitz von ihr. Dann eilte sie zur Haustür des Mehrfamilienhauses, schlug die Tür hinter sich zu und lehnte sich für einen Moment dagegen. Sie war wieder zu Hause. Es war an der Zeit, die Vergangenheit zu vergessen und die Zukunft zu umarmen.

KAPITEL 8

Anna war gerade auf dem Treppenabsatz zu ihrem Stockwerk angekommen, als die Nachbarstür aufflog und Frau Weber mit wedelnden Armen und wogendem Busen hinausstürmte.

„Anna! Dich habe ich ja schon seit Ewigkeiten nicht mehr gesehen. Bist du zurück von deinem Auftrag in...", fragte Frau Weber mit einer honigsüßen Stimme. Also waren weder Ursula noch Mutter den hartnäckigen Versuchen erlegen, herauszufinden, wo Anna gearbeitet hatte.

„Frau Weber, wie schön, Sie zu sehen. Es sieht so aus, als hätte sich hier nicht viel verändert." *Sicherlich nicht ihre Neugierde*. Anna drehte sich weg, um die Tür zu ihrer eigenen Wohnung aufzuschließen, aber Frau Weber war mit ihrer Befragung noch nicht fertig.

„Das war ein sehr schönes Auto. Wem gehört es? Und wer war dieser Mann?"

„Guten Tag, Frau Weber."

„Anna, weder deine Mutter noch deine Schwester haben etwas davon gesagt, dass du nach Hause kommst. Solche eleganten Fahrzeuge kommen selten in diese Nachbarschaft..."

„Frau Weber, ich würde gerne Ihre Fragen beantworten, aber es steht mir nicht frei, Informationen preiszugeben. Sie wissen schon...

streng geheim“, flüsterte Anna und hatte große Schwierigkeiten, eine ernste Miene zu machen, als sie bemerkte, wie Frau Webers Kinnlade buchstäblich auf den Boden fiel. Ihre Enthüllungen ließen die stämmige Frau wortlos zurück, was Anna noch nie zuvor erlebt hatte. „Ich wünsche Ihnen einen schönen Tag.“

Anna öffnete ihre Tür und floh vor der betäubten Frau ins Innere der Wohnung. Es war ihr egal, ob Frau Weber dachte, sie sei mit dem Führer persönlich liiert, solange es sie von ihrer unaufhörlichen Fragerei abhielt.

Sie trat in den kleinen Flur, stellte ihren Koffer ab und sprang dann vor Schreck in die Höhe, als Mutter und Ursula wie aus einem Mund riefen: „Meine Güte, Anna! Was ist passiert? Warum bist du hier?“

„Habt Ihr meinen Brief nicht bekommen?“, fragte Anna, etwas außer Atem, weil Ursula sie so heftig umarmte, dass sie schon fürchtete ihre Schwester würde ihr die Rippen brechen.

„Nein. Wir haben seit mindestens einer Woche keine Post mehr erhalten“, sagte Mutter und gab Anna eine sehr viel zurückhaltendere Umarmung. „Aber ich bin froh, dass du hier bist.“

„Ich auch“, antwortete Anna und zog ihren Mantel aus.

Mutter verschwand in der Küche, um für die drei das Mittagessen zuzubereiten. Als es fertig war, setzten sie sich an den Küchentisch. Das war der Moment, vor dem Anna sich gefürchtet hatte, da sie immer noch nicht wusste, was sie ihrer Mutter sagen sollte. Dennoch fühlte es sich gut an, jemanden zu haben, der sich um sie sorgte und wissen wollte, ob alles in Ordnung war.

„Deine Schwester hat sich geweigert“, sagte Mutter mit einem missbilligenden Seitenblick auf Ursula, „mir zu sagen, was genau du in Ravensbrück machst.“

„Krankenschwester im Gefängniskrankenhaus, im Grunde dieselbe Aufgabe, die ich in Moabit hatte.“ Anna stopfte sich eine halbe Kartoffel in den Mund und hoffte, dadurch Zeit zu gewinnen. Ihre Ohren brannten heftig ob der Lüge, aber zum Glück konnte ihre Mutter das unter den langen blonden Haaren nicht sehen.

„Anna!“ Mutters finsteres Gesicht zeigte deutlich, dass sie die Ohren ihrer Tochter nicht sehen musste, um die Wahrheit zu wissen – dass Anna ihr etwas verschwieg.

„Wie lange bist du zu Besuch?“, kam ihr Ursula zu Hilfe.

„Kein Besuch, ich bleibe.“ Anna strahlte ihre Schwester an. „Ich wurde an die Charité versetzt.“

„Die Charité? Dein Vater wäre so stolz auf dich.“ Mutters Augen glänzten feucht bei der Erwähnung ihres Mannes, der in russischer Kriegsgefangenschaft war.

Ursula sah Anna fragend an, hielt aber den Mund. Nachdem sie mit dem Essen fertig waren und das Geschirr gespült hatten, ging Mutter Besorgungen machen.

„Spuck es aus!“, forderte Ursula, sobald sie allein waren.

„Mir geht es gut. Ich bin wieder zu Hause.“ Anna holte tief Luft. „Ich will nicht über diese Zeit in meinem Leben sprechen. Niemals.“

Ursula drückte ihren Arm und für einen Moment schimmerte die Trauer der ganzen Welt in ihren Augen, aber dann lächelte sie wieder. „Dann erzähl mir von dieser plötzlichen Versetzung.“

„Da gibt es nicht viel zu erzählen“, sagte Anna zögernd. „Ich bin froh, wieder in Berlin zu sein.“

„Hat deine Versetzung etwas mit dem berühmten Professor Scherer, dem Leiter der Forschungsabteilung an der Charité, zu tun?“

Also hat Ursula Nachforschungen angestellt. Anna hob eine Augenbraue, aber dann gewann ihre Aufregung und sie überschwemmte ihre Schwester mit einem Wortschwall und erzählte jedes kleinste Detail – mit Ausnahme von Doktor Tretters Rolle – der Ereignisse, seit sie zum ersten Mal Professor Scherers Villa betreten hatte. „Kannst du glauben, dass er mir diese unglaubliche Chance gibt? Ich, Schwester Anna, arbeite in seiner Forschungsgruppe an der renommierten Charité? O Ursula, ich schwöre, ich werde härter arbeiten als je zuvor in meinem Leben und dem Professor beweisen, dass ich seiner Unterstützung würdig bin. Vielleicht kann ich sogar an der Universität studieren und einen echten

Abschluss machen... Stell dir vor, ich könnte promovieren oder sogar einen Nobelpreis gewinnen!“

„Anna, findest du nicht, dass es etwas zu früh ist von einem Nobelpreis zu träumen?“, fragte Ursula, aber Anna starrte sie nur an.

„Man kann nie groß genug träumen. Und ich werde der Welt beweisen, dass eine Frau alles tun kann, was sie will, wenn sie es nur will.“

„Du weißt, dass ich dich immer unterstützen werde, nicht wahr?“

„Natürlich tue ich das. Und deshalb liebe ich dich so sehr, Schwesterherz.“ Das erinnerte Anna an ihre andere Schwester. „Hast du von Lotte gehört?“

„*Alexandra* schrieb einen Brief, dass sie sicher im Kloster angekommen ist und sich dort erholt. Es scheint, dass sie an Gewicht zunimmt und sich ihre Gesundheit verbessert.“

„Gott sei Dank! Es war allerhöchste Zeit, sie da rauszuholen.“

„Ja, das war es.“ Ursula sah müde aus.

Etwas bedrückt Ursula. Anna würde ihre Schwester danach fragen, aber nicht heute. Heute wollte sie einfach nur glücklich darüber sein, dass sie wieder zu Hause war. Was immer Ursula beunruhigte, konnte bis morgen warten.

„Lass uns in eine Bar gehen und etwas trinken“, schlug Anna vor.

„Eine Bar? Mit Mutter im Haus? Lass mich stattdessen Tee machen und dann können wir deine Sachen auspacken.“ Ursula drehte sich um und ging in die Küche.

KAPITEL 9

Anna kam frühmorgens an der Charité an, und wie jeden Tag in den letzten Wochen hielt sie einen Moment inne, um das rote Backsteingebäude zu bewundern und sich zu freuen, welches Privileg es war, mit Professor Scherer zusammenarbeiten zu dürfen.

Bei den jüngsten Luftangriffen hatten die modernen Gebäude zum Glück keine schweren Schäden erlitten. Anna klopfte bei dem Gedanken auf Holz und ging an der Kinderklinik vorbei, einem Bau, der zu Beginn des Jahrhunderts errichtet worden war. Für die damalige Zeit war die Architektur neuartig gewesen, und die großen Erfolge der Charité in den Bereichen Bakteriologie und Hygiene wurden zum Teil auf die moderne Gestaltung der Gebäude zurückgeführt.

Ein hoch aufragender Hörsaal dominierte das Zentrum des Komplexes; die Patientenstationen lagen auf der einen Seite, während das Gebäude der Poliklinik die andere Seite des riesigen Geländes einnahm. Eine weitere bahnbrechende Neuerung war die separate Reihe von Quarantänebaracken, die mit einem überdachten Gang mit den anderen Stationen verbunden waren. Dieser Gang durfte nur von Personen mit besonderer Freigabe und unter strengen hygienischen Vorsichtsmaßnahmen passiert werden.

Im Gegensatz zum Rest des Komplexes sahen die Quarantänebaracken von außen ziemlich verfallen aus, was kein Wunder war, da kein nichtmedizinisches Personal Zugang zum Sperrgebiet erhielt, um die mögliche Ausbreitung von Krankheiten und den Ausbruch einer Epidemie zu verhindern.

Anna war noch nie im Quarantänebereich gewesen, und bis auf einen kurzen Besuch an ihrem ersten Arbeitstag hatte sie auch keine Zeit auf den Patientenstationen verbracht. Die bakteriologischen Laboratorien befanden sich neben dem Hörsaal in dem Teil des Geländes, in den die Öffentlichkeit keinen Zugang hatte. Als sie sich der Schranke näherte, zeigte sie dem Pförtner ihren Mitarbeiterausweis. „Guten Morgen."

„Sie sind wieder früh dran, Fräulein Klausen", sagte der Pförtner und winkte sie durch die Absperrung.

Seit sie hier arbeitete, hatte sie morgens keine Probleme beim Aufstehen. Im Gegenteil, sie sprang aus dem Bett, bevor der Wecker klingelte, begierig darauf, ihr Tageswerk zu beginnen.

Sie begrüßte ihre Kollegen, zog sich den Laborkittel über und begann mit der Arbeit, die aus verschiedenen Experimenten mit Bakterienkulturen bestand. Deshalb war ihre erste Aufgabe am Morgen immer, zu untersuchen, was in der Nacht passiert war, ihre Beobachtungen aufzuschreiben und Schlussfolgerungen zu präsentieren.

Ihre Schlussfolgerungen wurden von ihrem Vorgesetzten überprüft, und Professor Scherer ließ sich persönlich jeden zweiten Tag die Fortschritte präsentieren. Sie freute sich immer über die ermutigenden Worte des Professors und die Hilfestellung, die er allen seinen Mitarbeitern gewährte, aber im Geheimen sehnte sie sich danach, bei diesen Gelegenheiten Peter zu sehen.

„Anna, Professor Scherer will mit dir über das letzte Experiment sprechen, das du abgeschlossen hast." Peter schlenderte ins Labor und strahlte sie an.

Sie fühlte sich ertappt, gerade so als hätten ihre Fantasien ihn heraufbeschworen. Ihr Herz schlug jedes Mal Stakkato, wenn er so ins Labor hereinplatzte, einerseits weil sie ihn so attraktiv fand, andererseits weil er diese gefährliche Ausstrahlung hatte. Aber nach ein paar Tagen an der Charité hatte sie beschlossen, dass ein Mann, der so eng mit ihrem verehrten Mentor zusammenarbeitete, kein schlechter Mensch sein konnte.

„Guten Morgen, Peter." Sie wusch sich die Hände mit Spezialseife und trocknete sie ab, bevor sie zu ihm hinüberging. Obwohl es weder notwendig noch üblich war, ihm jeden Tag die Hand zu schütteln, genoss sie die Berührung seiner warmen, schwieligen Handfläche auf ihrer zu sehr, als dass sie die Gelegenheit ungenutzt verstreichen lassen würde.

Er schien genauso zu empfinden, denn sein Händedruck dauerte immer einige Sekunden länger als angemessen. Heute bewegte er seinen Daumen in einer streichelnden Geste über ihren Handrücken, und sie spürte, wie sich ein Kribbeln auf ihrer Haut ausbreitete.

„Du siehst zauberhaft aus", sagte er mit seinem verheerenden Lächeln.

Annas Herz jubelte, obwohl sie sich nach außen kühl gab. „Du bist ein Charmeur." Sie wusste sehr wohl, dass sie in dem weißen Laborkittel, der ihre blasse Haut kalkweiß aussehen ließ, und der weißen Haube, die ihr Haar bedeckte, nicht gut aussah.

„Wie kannst du so was sagen? Du bist die schönste Frau auf Erden", sagte er und legte seine rechte Hand auf seine Brust, wozu er das Gesicht verzog, um vorzugeben, wie sehr ihn ihre Antwort verletzt hatte.

Blut schoss ihr ins Gesicht. Nun, zumindest war sie nicht mehr blass wie ein Gespenst.

„Ich lasse den Professor besser nicht warten", sagte sie und zog ihre Hand aus seinem Griff. Dann eilte sie an ihm vorbei, wobei Schmetterlinge die verrücktesten Dinge in ihrem Bauch anstellten. Minuten später klopfte sie immer noch etwas außer Atem an Professor Scherers Tür.

„Herein", rief seine distinguierte Stimme.

„Sie wollten mich sprechen, Herr Professor?" Anna betrat das

Büro, das so anders aussah als die anderen Räume in der Charité. Die meisten der Ärzte und Professoren, die hier arbeiteten, benutzten die Standardmöbel. Er nicht. Ein riesiger Schreibtisch aus Mahagoniholz beanspruchte fast die Hälfte des Zimmers. Wissenschaftliche Zeitschriften, Forschungspapiere und Bücher waren ordentlich auf beiden Seiten der schwarzen Schreibunterlage gestapelt. Ein Fass Tinte und ein teuer aussehender Füllfederhalter standen bereit, um seinen nächsten brillanten Gedanken niederzuschreiben.

„Ja, Fräulein Klausen. Ich habe die Ergebnisse Ihrer Experimente mit den Tuberkulosebakterien von letzter Woche mit einem ähnlichen Ansatz verglichen, den ich hier gelesen habe“, sagte er und hielt eine angesehene medizinische Zeitschrift hoch, „und ich denke, Sie sind da an etwas dran.“

„Oh“, murmelte Anna, weil ihr nichts Besseres einfiel.

„In der Tat bin ich der Meinung, dass Sie eine weitere Testreihe mit einem etwas anderen Ansatz durchführen sollten.“

Anna nahm ein Notizbuch und einen Bleistift in die Hand und notierte seine Vorschläge.

„Kommen Sie wieder, sobald Sie Ergebnisse haben. Ich bin davon überzeugt, dass wir mit den Erfahrungen, die wir mit diesen Iterationen machen werden, einen Durchbruch bei der Behandlung dieser Krankheit erzielen können.“

„Danke, Herr Professor.“ Anna strahlte vor Stolz.

„Danken Sie nicht mir, Fräulein Klausen. Sie haben die Hauptarbeit gemacht, ich habe nur die richtige Richtung aufgezeigt.“ Professor Scherer stand auf, um sie zur Tür zu geleiten, und fügte hinzu: „Es freut mich, dass Sie mein Angebot angenommen haben, für mich zu arbeiten.“

Getragen von dem Lob kehrte Anna mit beschwingten Schritten ins Labor zurück, um ihren Teil dazu beizutragen, eine Kur oder Impfung für diese Geisel der Menschheit zu finden.

KAPITEL 10

In der nächsten Mitarbeiterbesprechung kündigte Professor Scherer an, dass er auf Geschäftsreise gehen müsse und für die nächsten Tage nicht zur Verfügung stünde. Anna hatte nichts dagegen, den Professor nicht in der Nähe zu haben, aber sie würde Peters regelmäßige Besuche vermissen, da der Professor die Stadt selten ohne seinen zuverlässigen Fahrer und Wachmann verließ.

Zu ihrer Überraschung kam Peter später mit seinem üblichen Grinsen bei ihr im Labor vorbei.

„Peter, ich dachte, du wärst mit dem Professor weggefahren?“, sagte sie und ihr Herz machte einen Sprung.

„Wir fahren erst morgen früh. Und ich konnte doch nicht gehen, ohne mich von dir zu verabschieden, oder?“, fragte er und schlenderte auf sie zu.

Die Schmetterlinge in ihrem Bauch machten Saltos, als sie halb hinter seinem Rücken versteckt etwas Lilafarbenes in seiner Hand bemerkte.

„Du siehst toll aus in diesem Kleid.“

Sie blickte auf den schmalen Streifen ihres Kleides, der unter dem weißen Laborkittel hervorlugte, und schüttelte lachend den Kopf. „Du kannst mein Kleid doch gar nicht sehen.“

„Oh, nun, eigentlich wollte ich sagen, dass du toll aussiehst; deshalb ist alles, was du trägst, auch toll.“ Sein Gesicht kam dem ihren gefährlich nahe, und seine Präsenz machte sie ganz benommen.

Anna kicherte. „Was wäre, wenn ich einen Kartoffelsack tragen würde?“

„Du wärst immer noch wunderschön.“ Er machte noch einen kleinen Schritt auf sie zu und streckte ihr einen lila Krokus entgegen. „Es tut mir leid, aber das war alles, was ich auftreiben konnte.“

„Er ist wunderschön, vielen Dank.“ Anna nahm die Blume und drehte sich schnell weg, um ihre brennenden Wangen zu verbergen. Sie tat so, als suche sie ein Gefäß, das sie als Vase verwenden konnte. Nachdem eine angemessene Zeit vergangen war, nahm sie ein Reagenzglas und füllte es mit Wasser, bis Peter neben sie trat und ihre zitternde Hand mit seiner bedeckte.

„Würdest du heute Abend mit mir ausgehen?“ Seine tiefe Stimme schickte süße Schauer über Annas Rücken.

„Mit dir ausgehen?“ Anna sah ihn verblüfft an und blinzelte einige Male.

„Ja. Eine Verabredung.“ Er grinste sie mit funkelnden Augen an. „Ich möchte Zeit mit dir verbringen, auch außerhalb der Arbeit.“

Anna schwankte und ihre Knie wackelten so sehr, dass sie nach der Arbeitsplatte griff, um nicht umzufallen. Sie sollte seine Aufmerksamkeit genießen... sie mochte ihn... aber gleichzeitig drohten die Erinnerungen, die sie tief in ihrem Herzen vergraben hatte, jedes Mal hochzukommen, wenn sie daran dachte, dass... Da half nur die Flucht in Ironie.

„Leute machen so was? Sie machen wirklich noch andere Dinge außer arbeiten?“, fragte Anna mit hochgezogener Augenbraue.

„Wenn du so was fragen musst, dann musst du definitiv mit mir ausgehen“, bestand er auf seinem Vorschlag, nahm ihr das Reagenzglas ab, legte ihre Hände zwischen seine eigenen großen Handflächen und rieb sie mit seinem rauen Daumen. Annas Herzschlag beschleunigte sich unter der sanften Streicheleinheit. „Ich weiß, dass du mit mir ausgehen möchtest, ich kann es in deinen Augen lesen. Bitte, sag Ja."

„Ja", antwortete Annas Instinkt, bevor ihr Verstand die Chance hatte, seine Einladung abzulehnen.

„Wunderbar. Ich hole dich nach der Arbeit hier ab. Oder musst du zuerst nach Hause?"

„Hast du Angst, dass ich dir entwische?", neckte sie ihn.

„Absolut."

„Keine Sorge. Ich halte immer meine Versprechen."

„So mag ich mein Mädchen. Wir sehen uns heute Abend." Er ließ ihre Hände los und verließ fröhlich pfeifend das Labor.

Sie wartete, bis er die Tür hinter sich geschlossen hatte, und drehte dann hinter ihrem Labortisch eine Pirouette. Aber kaum war sie damit fertig, schlugen Selbstzweifel und die dunklen Dämonen ihrer Vergangenheit zu und erstickten ihre Freude wieder. Einige Stunden später, nachdem sie in der Frauentoilette ihr Gesicht erfrischt und die Haare sorgfältig frisiert hatte, kehrte sie ins Labor zurück, wo Peter bereits auf sie wartete.

„Bereit zu gehen?" Er bot ihr seinen Arm an und führte sie nach draußen. „Also, was machst du, wenn du Spaß haben willst?" Als Anna ihn ungläubig anstarrte, formulierte er seine Frage noch mal: „Hmm, lass mich das anders ausdrücken. Wenn wir nicht in einer Stadt leben würden, die in Trümmern liegt und wo der schlimmste Krieg seit Menschengedenken tobt, was würdest du dann in deiner Freizeit unternehmen?"

Anna kicherte. Peter hatte die erfrischende Gabe, ihr ein Gefühl von Leichtigkeit zu geben, fast so als ob sie schwebte. Seine Gegenwart schien die Dunkelheit in ihrem Leben zu vertreiben. „Nun, ich sehe mir gerne einen Kinofilm an und ich tanze gerne. Es ist so lange her, dass ich so etwas gemacht habe."

„Es gibt noch Filme, die man ansehen kann." Sie hatten das Gelände der Charité bereits verlassen, und Peter legte seinen Arm um ihre Schultern, als sie entlang der Spree zum Reichstagsgebäude gingen. Das ehemals prachtvolle Bauwerk war nach dem mysteriösen Brand von 1933 nie vollständig restauriert worden, und die Schäden durch die ständigen Luftangriffe hatten es zu einer schändlichen Ruine gemacht, welche die Berliner immerzu an den in ganz Europa wütenden Krieg erinnerte.

„Propagandafilme...“, sagte Anna und hielt an, um ihm in die Augen zu blicken. Sie musste wissen, wo er stand und wie weit sie gehen konnte, wenn sie Regimekritik äußerte. Er erwiderte ihren Blick und nickte nach einer Weile.

„Da hast du recht. Aber der Krieg wird nicht ewig dauern.“

„Du scheinst dir sehr sicher zu sein.“

„Das bin ich. Jeder ist es. Lass uns einen Happen essen.“ Er sah wieder nach vorne und sie gingen weiter entlang der Spree bis zur Brücke.

Anna schwieg und dachte über seine Antworten nach. Sie konnte ihren Finger nicht darauflegen, aber etwas an seinem Verhalten ließ sie vermuten, dass er ein Gegner der Nazis war. Allerdings war ein bloßes Bauchgefühl nicht ausreichend, um ihm ihre eigene Überzeugung anzuvertrauen.

Peter blieb in der Mitte der stark beschädigten Brücke stehen und blickte hinunter in das träge fließende schwarze Wasser. Noch vor wenigen Wochen war der Fluss sehr zur Freude der Kinder zugefroren gewesen. Sie gingen geradeaus, bis sie die Flaniermeile Unter den Linden erreichten, der Ort, um zu sehen und gesehen zu werden.

Links lag das stark beschädigte Brandenburger Tor, die Quadriga auf wundersame Weise noch obenauf, und rechts der ehemals schöne Prachtboulevard. Peter führte sie zu einem Restaurant, das es geschafft hatte, inmitten der Trümmer relativ unversehrt zu bleiben. Beim Essen unterhielt Peter sie mit kleinen Anekdoten über seine Arbeit mit Professor Scherer, und Anna erzählte ihm, wie sehr sie es liebte, an der Charité zu arbeiten.

Peter hörte interessiert zu, sprach aber nicht viel über sich selbst. Das war verwunderlich, denn die meisten Männer, die Anna kannte, konnten stundenlang über sich selbst und ihre Erfolge palavern. Es war ein weiterer Grund, Peter zu mögen, aber ein kleiner Zweifel blieb. Warum vermied er es, über seine Familie oder seine Jugendzeit zu sprechen? Vielleicht, dachte sie, waren seine Eltern gestorben, und er wollte keine schmerzhaften Erinnerungen aufleben lassen?

„Danke für den wunderschönen Abend“, sagte Anna, als es spät wurde. Sie hatten immer noch kein funktionierendes Telefon daheim und Mutter würde sich Sorgen machen, wenn Anna allzu spät zurückkehrte.

„Ich bringe dich nach Hause“, sagte Peter und bezahlte das Essen, bevor er ihr in ihren Mantel half und dann wieder seinen Arm anbot.

Sie liebte es, an seiner Seite spazieren zu gehen, fühlte seine beruhigende Präsenz und das Kribbeln, das durch ihren Körper strömte. An der Bushaltestelle angekommen stellten sie sich neben einen Kiosk, dessen Radio die üblichen Abendnachrichten in die Gegend plärrte. Trotz des klaren Himmels schienen sich die verabscheuten Bomberpiloten einen Tag freigenommen zu haben, da bisher keine Luftschutz-Vorwarnung gegeben worden war. Anna schauderte und schlug ihren Mantelkragen hoch.

Dann kam eine wichtige Meldung im Radio: Der SS-Brigadeführer und Polizeichef von Warschau, Franz Kutschera, war von Mitgliedern der polnischen Heimatarmee ermordet worden und als Vergeltungsmaßnahme hatten die Nazis dreihundert polnische Zivilisten als Geiseln genommen, um so die Mörder zu finden. Während der Nachrichtensprecher sich über das verabscheuungswürdige Verbrechen an Kutschera und dem Deutschen Reich aufregte, verspannte sich Peter und zerquetschte fast Annas Hand in seinem kraftvollen Griff.

„Peter? Geht es dir gut?“ Der Anblick seines fest zusammengepressten Kiefers und seiner grimmig starrenden Augen erschreckte sie.

„Es tut mir leid.“ Beim Blick auf ihre gequetschte Hand in seiner zuckte er zusammen und ließ sie los. „Ich hoffe, ich habe dir nicht wehgetan.“

„Nur ein bisschen, aber bist du sicher, dass es dir gutgeht?“

„Alles in Ordnung. Ich bringe dich lieber nach Hause“, sagte er und entspannte seine Gesichtsmuskeln, um ihr ein beruhigendes Lächeln zu geben. Ein *falsches* Lächeln.

Anna konnte sich nicht vorstellen, warum die Nachricht, dass irgendein SS-Offizier in Warschau ermordet worden war, Peter so aus der Bahn geworfen hatte. Es war ja nicht so, dass so was nicht beinahe täglich passierte. Wie konnte ein Mann, der immer eine geladene Pistole bei sich trug, bei einem einzigen Mord so zimperlich sein? Es sei denn... das Opfer hatte ihm etwas bedeutet.

Anna schluckte hart, als sich die Angst tief in ihre Knochen setzte. War Peter geschickt worden, um sie auszuspionieren?

KAPITEL 11

Zu Hause warteten Ursula und Mutter bereits freudestrahlend auf sie, sodass Anna ihre Angst vergaß.

„Anna! Rate mal, was passiert ist!“, sagte Ursula auf- und abhüpfend. Mutter winkte mit einem Brief in der Hand und beantwortete die Frage ihrer Tochter, bevor Anna zu Wort kam. „Ein Brief von Richard!“

„Richard?“ Anna legte eine Hand auf ihr Herz. Ihr jüngerer Bruder, der seit letztem Herbst irgendwo in Weißrussland vermisst wurde, hatte einen Brief geschickt. „Lass mich sehen!“, verlangte sie und nahm ihrer Mutter das Papier aus der Hand. „Er ist von Weihnachten 1943 datiert, das ist fast zwei Monate her.“ Die Buchstaben verschwammen vor ihren Augen und sie konnte nicht mehr entziffern als die erste Zeile: *Liebe Mutter.* Sie fiel auf die Couch im Wohnzimmer, während Mutter und Ursula gleichzeitig losredeten.

„Sein Bataillon wurde in der Nähe von Minsk besiegt und die meisten seiner Kameraden sind gefallen, aber er und ein anderer schafften es, einen Zug nach Warschau zu erwischen...“ *Warschau*?, dachte Anna, *dort wurde der SS-Brigadeführer von Partisanen ermordet.* „... er ist zurzeit in einer kämpfenden Einheit...darf uns nicht sagen, wo er jetzt ist... streng geheim... wir können Briefe an seine Feldpostnummer schreiben... er ist zuversichtlich, dass der Krieg bald vorbei sein wird.“ Anna versuchte, dem Gespräch zu folgen, was sich als schwierig gestaltete, weil Ursula und Mutter sich fortwährend gegenseitig unterbrachen. Aber eines war klar: Richard war noch am Leben.

Sie umarmte die beiden und alle drei Frauen vergossen Freudentränen. Die Tatsache, dass Richard nicht mehr vermisst wurde, hatte ihnen eine schwere Last von den Schultern genommen.

Als Mutter in ihr Zimmer gegangen war, um einen Brief an ihren einzigen Sohn zu schreiben, starrte Ursula ihre Schwester stirnrunzelnd an. „Wo warst du so lange? Du hättest schon vor Stunden zu Hause sein sollen.“

Für den Bruchteil einer Sekunde war Anna versucht zu schwindeln, aber Ursula würde sie zweifellos durchschauen. „Ich hatte eine Verabredung.“

„Eine Verabredung?“ Ursula schwankte und musste sich an die Wand lehnen, um wieder Fuß zu fassen. So ungeschickt zu sein war für Annas normalerweise überperfekte Schwester ungewöhnlich.

„Ja, eine Verabredung. Und bevor du fragst, sein Name ist Peter und er arbeitet für Professor Scherer.“

„Bitte sei vorsichtig.“

„Keine Sorge, er ist nicht wie...“ Eine eisige Kälte lief Anna den Rücken hinunter und sie erinnerte sich daran, wie Peter ihre Hand vorhin fast zerquetscht hatte.

„Ich meinte nicht...“ Ursula blickte zu Boden, bevor sie weitersprach. „Aber er ist ein Nazi.“

„Du kennst ihn nicht mal! Woher willst du wissen, dass er ein Nazi ist?“ Anna starrte ihre Schwester böse an, die davon nicht im Geringsten eingeschüchtert war. In ihrer Kindheit hatten Sie sich ununterbrochen gestritten und gegenseitig angeschrien.

„Nur hochrangige Nazis haben heutzutage Autos, geschweige denn eine Mercedes-Limousine.“

„Nur weil Professor Scherer mit den Nazis zusammenarbeitet, bedeutet das nicht, dass er selbst einer ist. Im Gegenteil, er unterstützt viele ihrer Ideen nicht..." Anna schüttelte den Kopf. Sie hatten diese Diskussion bereits mehrmals geführt. „Und was hat das mit Peter zu tun? Er ist nur der Fahrer."

„Der Fahrer eines Nazis. Ich verstehe. Das macht ihn automatisch zum Mitglied des Widerstands." Jedes einzelne Wort aus Ursulas Mund tropfte vor Sarkasmus.

„Bitte, Ursula, Peter ist ein guter Mann."

„Was erst noch zu beweisen wäre. Was, wenn er sich gegen dich wendet und du das gleiche Schicksal erleidest wie Lotte?"

Annas Temperament ging mit ihr durch. „O nein. Wage es nicht mir Lottes Benehmen vorzuhalten. Ich habe alles geopfert, um ihr Leben zu retten. Ich! Ich habe alles geopfert..." Sie verstummte, weil Tränen sie zu überwältigen drohten. „Alles, einschließlich meiner Selbstachtung. Du musst mir nicht sagen, wen ich sehen darf und wen nicht. Ich hatte gehofft, dass du dich für mich freuen würdest."

„Anna, du weißt nicht, wovon du redest. Du musst sofort aufhören, diesen Peter zu treffen. Es ist zu gefährlich."

„Ich weiß sehr viel besser als du, was gefährlich ist. Ich habe es am eigenen Leib erfahren", sagte Anna.

Ursula antwortete nicht, sondern stürmte in ihr gemeinsames Zimmer und als Anna ihr einige Minuten später folgte, konnte sie ihre Schwester unter der Bettdecke schluchzen hören. Ursula war in letzter Zeit außergewöhnlich launisch und gereizt, aber Anna war im Moment zu wütend und zu müde, um zu versuchen, den Grund für die drastischen Stimmungsschwankungen und die ständige Müdigkeit ihrer Schwester herauszufinden. Der Krieg forderte von allen seinen Tribut.

Sie zog ihr Nachthemd an, verkroch sich unter ihrer eigenen Decke und hielt sich die Ohren zu, um Ursulas erbärmliche Schluchzer nicht zu hören.

~

Zwei Wochen später rannte Anna nach Hause, um Ursula die aufregenden Neuigkeiten zu erzählen. „Schwesterherz, weißt du was?"

„Gute Neuigkeiten?" Ursula lag mit hochgelegten Füßen auf der Couch und rieb sich den Rücken, als sie sich zu Anna umdrehte.

„Ich habe eine Einladung für die offizielle Abschlussfeier der frisch diplomierten Militärärzte an der Charité bekommen", sagte Anna und ihr wurde warm bei dem Gedanken, dass Peter, mit dem sie in der letzten Woche fast jeden Tag ausgegangen war, auch da sein würde und sogar mit ihr tanzen könnte.

„Militärärzte?" Ursula schürzte die Lippen. „Das ist wirklich eine Ehre, aber... du kannst da auf keinen Fall hingehen."

„Warum um alles in der Welt sollte ich nicht zu einer der wenigen Tanzveranstaltungen gehen, die noch in Berlin stattfinden?" Anna starrte ihre Schwester ungläubig an.

„Dort werden alle möglichen hochrangigen Regierungsbeamte sein." Ursula seufzte und machte ein Gesicht, als ob Anna nicht eins und eins zusammenzählen könnte.

„Ja, aber es wäre nicht das erste Mal, dass ich mit ihnen in Kontakt komme, und es wird sicherlich nicht das letzte Mal sein. Weißt du, wir leben im selben Land." Anna strich ihren Rock glatt und starrte ihre Schwester herausfordernd an.

Ursula sah sie entsetzt an und sagte: „Wie kannst du so was sagen? Seit wann bist du auf Seiten der Nazis?"

„Bin ich nicht. Aber nur weil ich ihre Politik nicht mag, heißt das nicht, dass ich sie um jeden Preis vermeiden muss. Diese Feierlichkeit ist mehr als nur eine Tanzveranstaltung, die mein sonst so tristes Leben aufheitern wird, sondern auch wichtig für meine Karriere."

„Deine Karriere? Ist dir deine Karriere inzwischen wichtiger als deine moralischen Werte?" Ursula erhob sich von der Couch und stemmte die Fäuste auf ihre Hüften.

„Ursula, sei nicht albern. Es ist nur eine Feier. Nichts, um meine moralischen Werte zu testen." *Außer vielleicht, wenn Peter mich küssen will.* Annas Wangen brannten lichterloh und sie fügte hastig hinzu: „Ich werde keine von denen, nur weil ich auf eine Feier gehe."

„Dass ich nicht lache“, sagte Ursula mürrisch, aber im nächsten Moment lächelte sie. „In Anbetracht der Tatsache, dass ich weiß, wie stur du bist, wenn du erst mal eine Entscheidung getroffen hast, sollte ich besser meinen Atem sparen.“

„Danke“, sagte Anna und umarmte ihre Schwester. „Ich hasse es, mit dir zu streiten.“

„Komm mit“, sagte Ursula und bedeutete ihr in das gemeinsame Zimmer zu folgen. Dort öffnete sie den Schrank und nahm ihr Hochzeitskleid heraus, einen dunkelblauen wadenlangen Rock aus schwerer Wolle und ein tailliertes Jäckchen in derselben Farbe. „Du wirst etwas Hübsches zum Anziehen brauchen“, erklärte sie und überreichte Anna das Ensemble.

„Das ist so eine großzügige Geste, Liebes, aber ich habe bereits ein Kleid“, sagte Anna und griff in die Tasche, die sie mit nach Hause gebracht hatte. Dann zog sie ein königsblaues Spitzenkleid heraus und hielt es vor sich hin. „Wie findest du das?“

„Wahnsinn! Wunderschön! Wo hast du das her?“, quietschte Ursula.

„Von Professor Scherer. Er muss vermutet haben, dass ich kein Abendkleid besitze, und bot an, mir eines seiner verstorbenen Frau zu leihen.“ Anna erwähnte nicht, dass Peter mit drei verschiedenen Abendkleidern ins Labor geschickt worden war und seine Augen fast aus seinem Kopf gefallen waren, als sie die für ihn vorgeführt hatte.

Ursula trat vor und befühlte das elegante Material des Kleides. „Italienische Spitze“, flüsterte sie ehrfürchtig, als ihre Fingerspitzen über das feine Muster glitten. „Das muss ein Vermögen gekostet haben.“

„Ich weiß. Ich wollte sein Angebot eigentlich ablehnen, aber sobald ich das Kleid anprobierte, verschwand meine Entschlossenheit. Es sieht genauso fantastisch aus, wie es sich anfühlt.“

„Also, du gehst zu der Feier, egal was ich sage?“

Anna seufzte und nickte. „Ja. Auf jeden Fall.“

„Pass auf dich auf“, sagte Ursula und umarmte sie fest.

KAPITEL 12

Der Tag der Veranstaltung kam, und Professor Scherer hatte darauf bestanden, dass Anna sich einen halben Tag freinahm, um sich auf die Festlichkeit vorzubereiten. Daheim stand sie vor dem Spiegel, legte Make-up auf und frisierte ihre Haare zu einer kunstvollen Hochsteckfrisur. Wenige Minuten bevor Peter sie in der Limousine des Professors abholen sollte, schlüpfte sie in das geborgte Abendkleid und verließ dann nach einem letzten prüfenden Blick die Wohnung.

„Guten Abend, schönes Fräulein“, Peter öffnete die Beifahrertür und als er seine Hand auf ihren Rücken legte, um ihr beim Einsteigen zu helfen, schreckte sie ausnahmsweise nicht zurück. „Du siehst absolut hinreißend aus“, flüsterte er ihr ins Ohr, bevor er die Tür schloss.

„Danke“, murmelte sie ein wenig verlegen, nachdem er um das Fahrzeug herumgegangen und auf dem Fahrersitz Platz genommen hatte. „Du siehst auch sehr fesch aus heute Abend.“ Er hatte seine Fahreruniform mit einem Smoking vertauscht.

„Ich konnte nicht zulassen, dass du mich völlig in den Schatten stellst“, neckte er und lenkte das Auto auf die weitgehend leere Straße.

Anna lehnte sich mit einem warmen Gefühl im Herzen in den Sitz. Sie mochte Peter jeden Tag ein wenig mehr. Er war so anders als ihre aalglatten, speichelleckenden Kollegen. Jeder von ihnen war darauf bedacht, seinem Vorgesetzten Honig um den Bart zu schmieren und sich als guter deutscher Nazi darzustellen, in der Hoffnung, dadurch schneller die Karriereleiter hochzuklettern.

Natürlich waren alle Bürger vorsichtig bei dem, was sie sagten, aber von ihren Kollegen hatte definitiv keiner jemals ein auch nur ansatzweise kritisches Wort gegen die Regierung gesagt, im Gegenteil, sie übertrumpften sich gegenseitig in Lobhudeleien.

Aber Peter war nur... Peter. Er war sich selbst immer treu – ehrlich. Anna kicherte über ihre eigenen Gedanken.

„Was ist so lustig?“, fragte er mit einem amüsierten Blick.

„Ich dachte gerade daran, wie anders du bist als die Männer, mit denen ich zusammenarbeite.“ Sie drehte den Kopf um, um seine Reaktion zu beobachten, und erschrak, als seine Halsschlagader heftig zu pochen begann. Es war ein untrügliches Anzeichen dafür, dass er alarmiert war. Diese plötzliche Anspannung zeigte sich in den seltsamsten Momenten, und Anna hatte noch nicht herausgefunden, was seine Alarmbereitschaft auslöste.

Aber als die gründliche Forscherin, die sie war, machte sie eine weitere mentale Notiz. Irgendwann würde sie das gesamte Rätsel lösen, das Peter darstellte. *Gerade weil er anders ist, will er sich anpassen.*

„Ach, ich hoffe, dass ich schneidiger bin als deine Kollegen“, kommentierte er mit einem scherzhaften Ton in seiner Stimme. Aber Anna kannte ihn zu gut, um sich täuschen zu lassen. Seine Halsschlagader pulsierte weiter.

„Natürlich bist du das.“ Sie lächelte und legte kühn eine Hand auf seinen Arm. „Aber es ist vor allem dein Verhalten. Du benimmst dich anders.“ Anna hatte ihren Satz noch nicht beendet, als sie bemerkte, wie sich sein ganzer Körper verkrampfte. Sie beschloss weiterzubohren. „Du bist dir selbst treu.“

Inzwischen waren sie vor der Charité angekommen und Peter

parkte das Auto auf Professor Scherers privatem Parkplatz. Anna spürte sein zunehmendes Unbehagen und sein Bedürfnis, das Gespräch abzubrechen. Es war ein Muster, das sie in den letzten Wochen oft durchlebt hatten. Aber heute würde sie ihn nicht so einfach davonkommen lassen. Sie verstärkte den Druck auf seinen Arm und hielt ihn damit effektiv davon ab auszusteigen, während er sich wand wie ein Wurm am Haken. „Du sagst nie etwas, nur weil die andere Person es hören will. Du bist ehrlich."

Seine Augen flatterten. Aber er gewann fast sofort die Kontrolle wieder zurück und setzte ein falsches Lächeln auf. „Das ist eine sehr detaillierte Analyse eines einfachen Fahrers. Darf ich jetzt die schönste Frau der Welt in den Veranstaltungssaal begleiten?"

Wie immer verursachte sein schelmisches Grinsen einen Aufruhr in ihrem Inneren und ihre Entschlossenheit, das Geheimnis um Peter Wolf zu ergründen, schmolz dahin. Vorerst gab sie sich mit der Gewissheit zufrieden, dass er etwas verbarg – was, wusste sie nicht – und nickte. „Wir wollen schließlich nicht zu spät kommen, oder?"

Peter stieg aus, ging um den Mercedes herum, öffnete ihr die Tür und streckte seine Hand aus, um ihr beim Aussteigen zu helfen. Anna hatte zwar schon lange keine Angst mehr vor ihm, aber je besser sie ihn kennenlernte, desto mehr war sie davon überzeugt, dass er ein gefährlicher Mann war.

„Du siehst umwerfend aus in diesem Kleid", sagte er, während seine Augen ihren Körper auf- und abwanderten, als er ihr im Foyer aus dem Mantel half.

Anna errötete und sah ihm in die Augen. Im Moment verheimlichte er nichts vor ihr. Sie trat einen Schritt zurück, um Peter eingehend zu mustern. Seine breiten Schultern füllten das Jackett seines Smokings aus; der Kontrast zwischen dem strahlend weißen Hemd und dem schwarzen Anzug mit den Satinaufsätzen ließ ihn umso attraktiver aussehen. Äußerlich mischte er sich perfekt unter die anderen Gäste, aber Anna bemerkte die Ausbuchtung unter seiner Jacke. Die Pistole. Peter war gefährlich – aufregend gefährlich, wenn es nach ihr ging.

Professor Scherer wartete bereits vor dem Festsaal, der mit Hakenkreuzen und Asklepiosstäben verziert war. Livrierte Kellner trugen silberne Tabletts mit Champagnerkelchen und boten Anna ein Glas an. Wie er es immer in Professor Scherers Gegenwart tat, trat Peter in den Hintergrund, um als sein getreuer Wachmann zu dienen.

Anna war zuerst wütend gewesen, dann verwirrt und schließlich fassungslos über die Art und Weise, wie die Leute – sogar die Kellner – durch Peter hindurchzusehen schienen, ganz so als ob er gar nicht existierte.

„Fräulein Klausen, Sie sehen heute bezaubernd aus", sagte Professor Scherer. In der kurzen Zeit, die sie für ihn arbeitete, war Anna schnell zu seiner favorisierten Mitarbeiterin geworden, und er zu einem hochgeschätzten Mentor für sie. Sehr zum Entsetzen ihrer fast ausschließlich männlichen Kollegen, die der Meinung waren, der einzig akzeptable Platz für eine Frau an der Charité sei mit einer Schwesternuniform und dem Fieberthermometer am Bett eines Patienten.

„Vielen Dank, dass Sie es mir ermöglicht haben, diese Veranstaltung zu besuchen", antwortete Anna, während ein Hauch von Traurigkeit ihr Herz erfüllte. Professor Scherer hatte in ihrem Leben eine Vaterrolle übernommen, und bei Gelegenheiten wie dieser fragte sie sich, ob sie ihren eigenen Vater jemals wiedersehen würde.

„Kommen Sie mit, ich werde Sie einigen Leuten vorstellen", sagte er, nahm ihren Ellbogen und führte sie in den Raum. Er hielt sein Versprechen ein, und Annas Knie wurden zu Wackelpudding, als sie vor einer Gruppe von hochdekorierten uniformierten Männern zum Stehen kamen und sie einen davon als Heinrich Himmler identifizierte. Der Mann, der für die Organisation und Überwachung der Konzentrationslager verantwortlich war. Unsicher, ob von ihr ein Hitlergruß erwartet wurde, stand sie unschlüssig da.

„Heinrich", begrüßte Professor Scherer Himmler wie einen alten Freund, „darf ich dir Fräulein Klausen vorstellen? Sie ist meine neueste wissenschaftliche Entdeckung, meine Musterschülerin, und ich bin sicher, dass wir in den kommenden Jahren Großes von ihr hören werden. Sie hat vorher für Doktor Tretter in Ravensbrück gearbeitet.“

Die Erwähnung des Teufels war wie ein Schlag in die Magengrube, aber irgendwie schaffte es Anna, aufrecht stehen zu bleiben und den SS-Reichsführer höflich anzulächeln.

„Nun, nun, wer auch immer behauptet hat, dass nichts Gutes aus den Lagern kommt, hat sich offensichtlich geirrt.“ Himmler streckte seine Hand aus und sagte: „Sehr erfreut, Ihre Bekanntschaft zu machen, Fräulein Klausen.“

Anna kämpfte gegen den Drang an, seine Augen auszukratzen, und blickte nach unten, um ihren wachsenden Ekel zu verbergen. „Es ist mir ein Vergnügen...“ Sie zögerte kurz, mit welchem Titel sie ihn ansprechen sollte und entschied sich für seine Position. „Herr Reichsführer.“

Glücklicherweise entschuldigte sich Professor Scherer kurze Zeit später und stellte sie dann jeder Menge Leute vor, die anscheinend alle zum inneren Kreis des Führers gehörten, oder zumindest sehr wohlhabende Bürger waren, die sich im Glanz der Parteiführung sonnten.

Beeindruckt von all der Macht und dem Reichtum, die auf engstem Raum versammelt waren, suchte sie nach Peter, in der Hoffnung, sein Anblick würde sie wieder auf den Boden der Tatsachen zurückholen. Obwohl er sich rein äußerlich perfekt in die Menge einfügte, ragte er wie ein wund gescheuerter Daumen aus dem Meer der Ja-Sager, blinden Anhänger und begeisterten Parteimitglieder heraus. Aber abgesehen von Anna schien das niemand zu bemerken.

Als sich ihre Blicke kreuzten, zwinkerte er ihr zu, und sie spürte, wie ihr Selbstvertrauen wieder zurückkam. Sie war fähig sich in diese elitäre Gesellschaft hineinzuschummeln. Nicht umsonst hatte sie ihre schauspielerischen Fähigkeiten über Jahre hinweg verfeinert. Anna machte Konversation, erwiderte die Höflichkeitsfloskeln der anderen und entspannte sich langsam, bis sie vor Stolz fast platzte, als Professor Scherer sie wieder einmal als seine *Musterschülerin* vorstellte, obwohl sie genau genommen gar nicht seine

Studentin war, da sie nicht in der Universität eingeschrieben war – noch nicht.

Aber eines Tages werde ich studieren und dann... gehört die Welt mir.

Aber je mehr sie sich an diesem Abend amüsierte, desto lauter wiederholte eine nagende Stimme in ihrem Kopf Ursulas Worte. *Das sind Nazis. Halte dich von ihnen fern. Du bist entweder für sie oder gegen sie. Es gibt kein Dazwischen.* Anna wischte die lästigen Bedenken beiseite. Nur weil sie dieses Fest mit all seiner Pracht und seinem Überfluss genoss, bedeutete das noch lange nicht, dass sie die Nazis mochte. Sie konnte das sehr wohl voneinander trennen.

Im Laufe des Abends tanzte sie mit mehreren der jungen Medizinabsolventen in ihren neuen und glänzenden Wehrmachtsuniformen, aber der einzige Mann, mit dem sie tanzen wollte, war tabu. Sie sah zu Peter hinüber, der am Rande der Tanzfläche in der Nähe des Professors stand, und kicherte fast über den grimmigen Blick, mit dem er ihre Tanzpartner bedachte. Als die Musik eine Pause machte, entschuldigte sie sich und ging zu der Gruppe uniformierter Männer, die in eine hitzige Diskussion mit Professor Scherer vertieft waren.

Anna hatte nur Augen für Peter, während sie schweigend dastand und mit einem Ohr dem Gespräch zuhörte. Als jemand erwähnte, dass Admiral Canaris einige Tage zuvor als Chef der Abwehr entlassen worden war, bemerkte sie, wie Peters Haltung starr wurde und er aufmerksam den Spekulationen über die Gründe und möglichen Konsequenzen lauschte.

Himmler wusste sicherlich Bescheid, aber er begnügte sich mit der Aussage, dass Canaris sich derzeit auf der Burg Lauenstein befand, in Erwartung der Verleihung des Deutschen Kreuzes in Silber und neuer Anweisungen von Hitler. Das Gespräch wandte sich bald militärischen Themen zu und Anna wollte ihren eigenen Ohren nicht trauen.

Im Gegensatz zu den täglichen Sendungen im Radio, die nur Siege verkündeten, sprachen die versammelten Militärführer über Verluste. Verluste von Leben, Material und Land. Die Vormärsche an der Ostfront hatten sich ins Gegenteil verkehrt und die glorreiche deutsche Wehrmacht war überall auf dem Rückzug, von der zahlenmäßig zehnmal stärkeren Roten Armee schneller überrannt, als sie fliehen konnte. Hunderttausende deutsche Soldaten waren gefallen oder gefangen genommen worden.

Eine eisige Kälte kroch in Annas Herz. Ihr Bruder Richard war in Warschau relativ sicher, aber für wie lange? Wenn die Ostfront wirklich einbrach, wie es die versammelten Generäle andeuteten, würden die Russen bald in Warschau und – Gott bewahre – auf deutschem Boden einmarschieren.

Anna mochte die Nazis nicht, aber die Aussicht, dass Soldaten der Roten Armee plünderten, vergewaltigten und mordeten, erschreckte sie noch mehr. *Nein*, sagte sie sich und schüttelte den Kopf. Diese Männer übertreiben, dazu würde es nicht kommen. Das durfte einfach nicht geschehen.

Ihre Augen suchten wieder nach Peters, aber diesmal beruhigte sie sein Anblick nicht. Unverhohlener Hass schimmerte in seinem Gesicht bei der Erwähnung der gewalttätigen Kämpfe im Osten Polens. Anna wollte den Gesprächen über Mord und Totschlag nicht länger zuhören und verließ die Gruppe wieder, um Ablenkung beim Tanz mit jungen und optimistischen Absolventen der Medizin zu finden. Deren Einstellung faszinierte sie, denn alles, was sie wollten, war, das Leben zu umarmen und die Freuden, die es bot, in vollen Zügen zu genießen, bevor sie in die unvermeidliche Grausamkeit der Front geschickt wurden.

KAPITEL 13

In den frühen Morgenstunden begleitete Professor Scherer Anna zur wartenden Limousine und wies Peter an: „Bringen Sie Fräulein Klausen sicher nach Hause."

„Natürlich, Herr Professor", antwortete Peter und half Anna beim Einsteigen auf den Rücksitz, bevor er den Professor fragte: „Um wie viel Uhr soll ich Sie abholen?"

„Machen Sie sich keine Sorgen um mich, ich werde bei jemandem mitfahren. Fräulein Klausen, es war mir ein außerordentliches Vergnügen heute Abend. Gute Nacht." Professor Scherer deutete eine Verbeugung an und ging dann wieder in das Gebäude, wo der innere Kreis des Führers noch versammelt war. Anna nahm an, dass er die Gelegenheit nutzen würde, um weitere Unterstützung für seine Forschungsarbeiten zu sichern.

Peter setzte sich hinter das Steuer und schwieg, bis er das Auto sicher auf die Hauptstraße gelenkt hatte. Wegen der allgemeinen Verdunkelung war nirgends ein Licht zu sehen, aber dennoch spürte Anna, wie er seinen Blick im Rückspiegel auf sie richtete.

Sie hatte keine Ahnung, wie er es schaffte mit den abgeblendeten Scheinwerfern in der Dunkelheit die Straße zu erkennen. Wahrscheinlich kannte er die Strecke gut genug, um sie auch bei der unzureichenden Beleuchtung zu finden, und da weder andere Autos noch Fußgänger unterwegs waren, war es wohl weniger gefährlich, als sie annahm.

„Peter?“, flüsterte Anna in die unheimliche Stille.

„Ja, Anna?“

„Könnte ich mich nach vorne zu dir setzen?“

„Natürlich.“ Peter gluckste und fuhr rechts ran. Einen Moment später öffnete er ihre Tür und zog sie in seine starken Arme. Dann flüsterte er ihr ins Ohr: „Hast du Angst?“

„Nicht wirklich, aber es war so einsam auf der Rückbank, ohne Licht irgendwo in der Stadt...“ Sie hatte keine Ahnung, wie sie erklären sollte, dass sie die Geborgenheit seiner Nähe vermisst hatte.

„Du musst es nicht erklären. Ich würde mich freuen, wenn du neben mir sitzen würdest.“ Er öffnete die Beifahrertür und half ihr zurück ins Auto, bevor er zur Fahrerseite eilte.

Nachdem er den Motor wieder gestartet hatte, griff er über den Sitz und suchte nach ihrer Hand. Anna entspannte sich in der Wärme, die von ihm ausging, und als er ihre Hand auf seinen Schoß zog, fühlte sie, wie Erleichterung und Ruhe sich in ihr ausbreiteten. „Danke.“

„Wofür? Ich habe nichts getan.“

Doch, das hatte er. An seiner Seite fühlte sie sich sicher und ihre verletzte Seele konnte heilen. In seiner Gegenwart konnte sie vergessen.

„Hast du dich heute Abend amüsiert?“, fragte Peter nach einer Weile.

„Sehr sogar. Ich kann mich nicht erinnern, wann ich das letzte Mal so viel Spaß hatte. Es ist ja nicht so, als hätten wir viele Möglichkeiten, auszugehen und zu tanzen.“

„Ich wünschte, ich hätte mit dir tanzen können.“ Er drückte ihre Hand und fuhr dann fort: „Versteh mich nicht falsch, ich will, dass du glücklich bist, aber ich konnte es kaum ertragen, dich in den Armen all dieser jungen Männer zu sehen.“

Anna kicherte. „Sag jetzt nicht, dass du eifersüchtig warst.“

„Nicht wirklich... vielleicht ein bisschen. Gut, ich gebe es zu. Ich will dich ganz für mich allein haben.“ Bei seiner Offenbarung knurrte Peter so besitzergreifend, dass ihr Herz hüpfte und sie vor Glück schreien wollte.

Er parkte vor ihrem Wohnblock und stellte den Motor ab. Als er keine Anstalten machte, auszusteigen, starrte sie ihn an. Sein Ausdruck wurde feurig, und sie konnte das Verlangen in seinen Augen brennen sehen. Ihr Herz setzte ein oder zwei Schläge aus. Aber dann blitzten Bilder von einem anderen Mann, der sie küsste, auf und ihr gesamter Körper versteifte sich.

Nein, ich werde diesen Augenblick nicht mit Gespenstern aus der Vergangenheit trüben.

Der Ausdruck in Peters Augen änderte sich, wurde weicher, als er nach einer Locke griff, die sich aus den Haarklammern ihrer kunstvollen Hochsteckfrisur gelöst hatte.

„Ich will dich küssen“, sagte er und sein Finger strich dabei sanft über ihre Wange. Ein köstliches Kribbeln folgte seiner Liebkosung und plötzlich hörte die Welt auf, sich zu drehen. Die Zeit stand still, als sie sehnsüchtig darauf wartete, von ihm geküsst zu werden.

„Küss mich“, flüsterte sie und lehnte sich vor. Kurz darauf landeten seine Lippen sanft auf ihren und die überwältigende Süße seiner Berührung sickerte tief in ihre Seele. Anna kämpfte mit der Intensität ihrer Emotionen, aber als er sie fester an sich drücken wollte, stemmte sie sich instinktiv dagegen.

„Ich sollte gehen. Es ist schon spät.“

„Wovor hast du Angst?“ Seine Stimme war ruhig und sanft, seine Hände hielten ihre in einem beruhigenden Griff.

Ich kann es ihm unmöglich sagen. Nicht, wenn ich nur vergessen will. Alle meine Erinnerungen an die Vergangenheit ein für alle Mal vergraben. Sie schüttelte den Kopf, und eine einzelne Träne rollte über ihre Wange.

„Anna, mein Schatz. Weine nicht, bitte.“ Peter wischte mit seinem Finger ihre Träne weg. „Ich würde dir nie wehtun und ich will dir auch keine Angst machen.“

Sie nickte.

„Bitte versprich mir, mir zu sagen, wenn ich jemals etwas tue, das dir unangenehm ist. Wirst du das tun?“

Sie nickte wieder.

„Gut. Dann geh jetzt schlafen und ich sehe dich im Labor.“ Peter drückte einen Kuss auf ihr Haar und fragte: „Soll ich dich nach oben begleiten?“

„Lieber nicht. Ich möchte Frau Weber keinen Grund zum Klatschen geben.“ Anna legte den Kopf zur Seite und überlegte, ob sie ihm erzählen sollte, wie die geschwätzige Nachbarin die Gestapo auf die Schwestern gehetzt hatte, weil sie gesehen hatte, wie ein fremder Mann die Wohnung betrat. *Vielleicht ein anderes Mal.* „Gute Nacht, Peter. Ich habe deinen Kuss genossen, es ist nur...“ Sie seufzte, weil ihr die Worte fehlten. Wie erklärte eine Frau ihrem Angebeteten, dass sie so lange brutal missbraucht worden war, so gequält von einer gewalttätigen Vergangenheit, dass sie sich nicht einmal daran erinnerte, wie es war, sich ganz zu fühlen?

„Kein Grund, sich Sorgen zu machen“, sagte Peter.

Anna lächelte und ließ den Moment verstreichen. Dann schlüpfte sie aus dem Mercedes und huschte leise in ihren Wohnblock. Peter zu küssen war wunderbar gewesen, aber sie brauchte Zeit, um die Emotionen zu verarbeiten, die sie in Aufruhr versetzten. Und sie brauchte Schlaf. Am Morgen würde alles schon ganz anders aussehen.

Als Anna spät am nächsten Morgen aufwachte, wartete Ursula bereits neben dem Bett und klopfte ungeduldig mit den Zehen auf den Boden.

„Wie war die Veranstaltung?“ Sie streckte Anna eine Tasse mit heißem Tee entgegen. „Tut mir leid, aber wir haben keinen Ersatzkaffee mehr.“ In letzter Zeit konnte man selbst mit Lebensmittelkarten kaum noch was kaufen. Hunderte, vielleicht Tausende von

Geschäften in der Hauptstadt waren geschlossen worden, weil ihre Besitzer zur Wehrmacht eingezogen worden waren, oder in kriegswichtigen Betrieben arbeiten mussten.

„Es war amüsant und überwältigend zugleich. Es waren so viele wichtige Leute da, und Professor Scherer hat mich allen vorgestellt.“

Ursula zog eine Grimasse und Anna konnte buchstäblich ihre Gedanken lesen. *Nazis. Alle von denen. Du solltest dich besser fernhalten.*

„Nicht alle von denen sind schlechte Menschen. Ich habe sogar Reichsführer Himmler getroffen.“

„Und was genau ist nicht schlecht an dem?“ Ursulas vernichtender Kommentar durchschnitt die Luft wie ein Messer.

„Natürlich ist er furchtbar. Aber es waren auch andere da, frisch gebackene Ärzte.“

„... die Hitler sehenden Auges in seinen monströsen Krieg folgen“, sagte Ursula.

Es wäre unklug, ihrer Schwester von dem Champagner, dem reichhaltigen Essen, den exotischen Früchten, von denen die meisten Deutschen vergessen hatten, dass es sie gab, und der echten Schokolade zu erzählen.

„Professor Scherer hat versprochen, mich zu fördern, er kann mir sogar helfen, einen Studienplatz zu bekommen. Kannst du dir das vorstellen?“ Anna strahlte vor Stolz, aber das Gesicht ihrer Schwester ging von sauer zu besorgt über. „Er sagt, ich habe so viele Fortschritte mit dem Tuberkulose-Impfstoff gemacht. Und er konnte nicht aufhören, den Leuten zu erzählen, dass ich seine neueste wissenschaftliche Entdeckung bin. Seine Musterschülerin.“

Ursula verzog das Gesicht und legte eine Hand auf ihren Bauch. „Hast du jemals daran gedacht, dass dein Professor etwas im Austausch für seine Mentorenschaft haben will? Er ist immerhin ein Witwer.“

„Du bist... abscheulich! Wie kannst du es wagen, so etwas über Professor Scherer zu sagen? Er ist wunderbar und ein perfekter Gentleman.“

Ursula seufzte theatralisch. „Sei trotzdem vorsichtig. Ich will nicht, dass dir etwas Schlimmes passiert."

Als ob mir etwas noch schlimmeres als der Teufel persönlich passieren könnte. Anna schnaubte. „Ich weiß deine Sorgen zu schätzen, aber du kennst Professor Scherer nicht. Er ist ein wunderbarer Mann. Du würdest ihn mögen, ich weiß, dass du ihn mögen würdest."

Ursula schüttelte den Kopf und argumentierte: „Nein. Würde ich nicht. Es ist mir egal, wie nett und höflich er zu sein scheint, er ist und bleibt ein Nazi."

„Nicht jeder, der ein Nazi ist, ist gleich ein schlechter Mensch", sagte Anna.

„Wirklich? Das kannst du reinen Gewissens sagen, nachdem du gesehen hast, was die Nazis den Menschen antun? Was sie mit unserer Schwester gemacht haben? Mit dir?"

„Professor Scherer hat Lotte oder den anderen Gefangenen nichts getan." Anna zitterte vor Wut. Warum konnte Ursula nicht einsehen, wie ihre Vorurteile ihren gesunden Menschenverstand benebelt hatten? Warum konnte sie die Dinge nicht so sehen, wie sie wirklich waren?

„Aber die Leute, mit denen er befreundet ist, tun es. Und er weiß darüber Bescheid", sagte Ursula, leicht außer Atem.

„Du bist ja nur neidisch." Anna ging an Ursula vorbei zum Badezimmer.

„Neidisch? Auf dich?", fragte Ursula ungläubig und folgte ihr.

„Ja. Denn ich bin endlich dabei, meinen Traum zu erfüllen, Wissenschaftlerin zu werden, während du in deiner schrecklichen Arbeit festsitzt." Anna schlug die Tür vor Ursulas Nase zu, schloss sie ab und trat unter die kalte Dusche – seit Monaten schon gab es kein warmes Wasser mehr.

Zwanzig Minuten später trat sie in die Küche, wo ihre Schwester das Mittagessen vorbereitete.

„Ursula", sagte sie. „Es tut mir leid. Ich weiß, dass du dir Sorgen um mich machst, aber kannst du dich nicht wenigstens ein bisschen für mich freuen?“

Ursula drehte sich um, ihre Augen voller Elend. „Das tue ich. Du weißt, dass ich dich immer unterstützen werde und stolz auf dich bin, aber du musst vorsichtig sein. Bitte!“

„Wer muss vorsichtig sein?“ Mutter hatte unbemerkt die Küche betreten und stellte zwei Taschen mit Lebensmitteln auf den Tisch.

„Wir haben gerade über meine Arbeit im Krankenhaus gesprochen“, antwortete Anna ausweichend.

„Warum glaube ich dir nicht, Anna Klausen?“, sagte Mutter, während Ursula damit beschäftigt war, die mageren Ergebnisse des stundenlangen Schlange Stehens in die Speisekammer einzuräumen. Da beide Schwestern unregelmäßige Schichten und lange Arbeitszeiten hatten, schulterte Mutter die Hauptlast des mühsamen Wartens vor den Geschäften, um Lebensmittel zu kaufen. Sie hatte vier Kinder großgezogen und war nie einer Arbeit außerhalb des Hauses nachgegangen, hatte jedoch vor einiger Zeit damit begonnen, Näharbeiten gegen Lebensmittel, Kohle oder andere Bedarfsartikel des täglichen Lebens einzutauschen.

„Ist das alles, was du für die ganze Woche bekommen hast?“, fragte Ursula.

Mutter warf ihr einen Blick zu, der *„Ich weiß, was du gerade versuchst“* bedeutete, und seufzte tief. „Unglücklicherweise, ja. Gott sei Dank haben wir den Schrebergarten und Lydias Esspakete vom Bauernhof.“

KAPITEL 14

Anna hatte endlich einen Weg gefunden, das Wachstum des Tuberkulosebakteriums zu kontrollieren. Sie kam am Montagmorgen in der Charité an und war gerade dabei, neue Bakterienkulturen vorzubereiten, als Professor Scherer in einem weißen Kittel im Labor erschien.

„Fräulein Klausen, würden Sie mich bitte in die Kinderklinik begleiten?“, fragte er.

„Natürlich, Herr Professor, lassen Sie mich nur diese Reihe von Experimenten ansetzen“, antwortete Anna und nahm eine Pipette in die rechte Hand, mit der sie Tröpfchen auf die Nährlösung in einer Petrischale fallen ließ. Als sie fertig war, blies sie eine Haarsträhne aus ihrer Stirn und sah zum Professor hinüber, der sie die ganze Zeit über beobachtet hatte.

„Ich glaube, ich bin so nah dran“, sagte sie, und hielt ihre Finger einen Zentimeter auseinander, „einen Impfstoff zu entwickeln, der das Wachstum des Tuberkelbazillus nicht nur verlangsamt, sondern vollständig eliminiert.“

„Höchste Zeit, das zu überprüfen“, antwortete der Professor und beobachtete sie, wie sie die Handschuhe auszog, ihre Hände desinfizierte und gründlich abtrocknete. „Kommen Sie mit.“

Auf dem Weg nach draußen warf sie ihren Laborkittel in einen Wäschekorb und zog einen frischen an. Man konnte nie vorsichtig genug sein. Gott bewahre, wenn sich die hochansteckenden Bakterien ausbreiteten...

Seit der Einführung an ihrem ersten Arbeitstag war sie nicht mehr auf die Patientenstationen der Charité zurückgekehrt. Der Chefarzt wartete bereits und Professor Scherer stellte sie vor.

„Doktor Bessau, das ist Anna Klausen, die junge Frau, von der ich Ihnen erzählt habe. Sie hat erstaunliche Fortschritte bei der Suche nach einem möglichen Tuberkuloseimpfstoff gemacht."

„Dann lassen Sie uns einen Blick auf die Resultate werfen." Der Arzt hielt ihnen jeweils ein paar Handschuhe und eine Atemschutzmaske entgegen.

Anna sah die beiden Männer etwas verwirrt an, zog aber die Schutzausrüstung an und folgte ihnen durch den überdachten Verbindungsgang zu den Quarantänebaracken. Etwas aufregend Wichtiges lag in der Luft, aber mit jedem Schritt, den sie in Richtung der Quarantänestation machte, wurden ihre Schritte mühsamer, als ob sie durch tiefen Schlamm waten würde. Die beiden Männer gingen vor ihr her und sprachen über eine medizinische Diagnose, die sie nicht ganz verstand.

Auf der anderen Seite des Ganges traten sie in einen großen Raum und der Anblick verschlug ihr den Atem. Erinnerungen, die sie tief in ihrer Seele vergraben hatte, schnellten empor und attackierten sie. Der Effekt war so stark, dass sie taumelte.

Ungefähr dreißig Betten standen in dem schäbigen Raum, in jedem davon lag ein abgemagertes Kind. Unabhängig vom Alter des Kindes waren sie alle an ihre Betten gefesselt, trugen Windeln und nicht viel mehr. Einige hatten offensichtliche körperliche Behinderungen, andere zeigten den leeren Blick von Schwachsinnigen, aber die meisten der Kinder lagen einfach wimmernd, heulend und hustend da.

Anna wurde übel. Die Luft schien dicker zu werden, zu schwer zum Atmen, und sie bekämpfte den Drang, sich die Atemmaske in ihrem Verlangen nach Sauerstoff vom Gesicht zu reißen.

„Was ist das?“, fragte sie mit unverhohlenem Horror in ihrer Stimme.

„Schwachköpfe. Krüppel. Wertlose Mitglieder der Gesellschaft. Es ist ekelhaft, dass die meisten von ihnen nicht einmal ihren Darm kontrollieren können“, antwortete Doktor Bessau.

„Das kann ich sehen, aber was machen sie hier?“, fragte Anna, unfähig wegzuschauen, als ein Kind im Alter von etwa sechs Jahren heftig zu husten begann, bis Blut sein Gesicht und das Bettlaken verschmierte. Am anderen Ende des Raumes gab eine Krankenschwester einem anderen Kind eine Spritze, aber sie schaute nicht einmal auf, um zu sehen, welcher ihrer kleinen Patienten so stark hustete.

Anna packte ein Papiertuch und ging hinüber, um das Blut und den Schleim vom Gesicht des kleinen Jungen zu wischen. Mit leeren Augen hustete und heulte er weiter. Das Geräusch ging Anna durch Mark und Bein.

„Das ist vergebene Liebesmühe; er wird sowieso in den nächsten vierundzwanzig Stunden sterben“, sagte Doktor Bessau. „Er hat die erste Tranche des Impfstoffs injiziert bekommen, an dem Sie arbeiten.“

Anna fühlte, wie ihr der Boden unter den Füßen weggerissen wurde, und öffnete ihren Mund, aber es kam kein Laut heraus. Erst nach mehreren Versuchen fand sie ihre Stimme wieder. „Der... der Impfstoff ist noch nicht fertig“, stammelte sie.

Doktor Bessau nickte. „Und der einzige Weg, wie wir jemals sicher wissen werden, ob er wirkt oder nicht, ist, ihn an lebenden Subjekten zu testen. Laboruntersuchungen können uns nur begrenzt viel sagen.“

„Aber, aber... Sie infizieren diese Kinder absichtlich mit Tuberkulose!“, protestierte Anna.

„Keine Kinder. Degenerierte. Sie wurden bereits zuvor für die

Vernichtung lebensunwerten Lebens selektiert“, sagte der Arzt nüchtern.

Anna schüttelte den Kopf. Es war so falsch. Nur weil ein Kind blöd im Kopf war oder einen Klumpfuß hatte, bedeutete das nicht, dass man es einfach umbringen durfte.

„Fräulein Klausen, ich weiß, dass das auf den ersten Blick grausam aussehen mag“, mischte sich Professor Scherer in das Gespräch ein, „aber Sie müssen bedenken, dass es sich hier nicht um normale Kinder handelt. Was Sie hier sehen, sind Untermenschen, die eher einem Meerschweinchen oder Kaninchen vergleichbar sind als unserer Herrenrasse.“

Warum wollte der Boden nicht aufhören, zu schwanken? Anna packte die Gitterstäbe eines der Kinderbetten und kämpfte gegen den Schwindel, der von ihr Besitz ergriffen hatte. Sie glaubte, sie hätte den Abgrund der menschlichen Grausamkeit bereits in Ravensbrück gesehen, aber das hier? „Aber sie leiden...“, murmelte sie.

Doktor Bessau sah sie an, seine dunklen Augen ohne jegliches Mitgefühl. „Das ist bedauerlich. Sehr bedauerlich. Ein Mensch mit einem mitfühlenden Herzen wie Sie kann es nicht ertragen, selbst das geringste Tier leiden zu sehen. Aber wir müssen hier vernünftig sein; manchmal müssen Opfer für das Gemeinwohl gebracht werden. Diese ansonsten nutzlosen Wesen können nun doch noch einen Beitrag zum Wohl unseres Volkes leisten. Sollte das nicht jeden aufrechten Deutschen mit Stolz erfüllen? Und ist es nicht vorzuziehen, dass einige dieser Subjekte für kurze Zeit leiden, wenn wir dadurch hunderttausende wertvolle Menschen retten können? Unsere Soldaten, standhafte Mütter, geliebte Kinder?“

Anna konnte keine Antwort formulieren. Den Rest des Vormittags schleppte sie sich schweigend hinter den beiden Männern her, während ihr Gehirn versuchte, das zu verarbeiten, was sie gesehen hatte.

Am Ende der Visite führte Doktor Bessau sie durch den Verbindungsgang zurück in den offenen Teil der Kinderklinik. Dort erblickte sie Mütter, die an den Krankenbetten ihrer Kinder saßen und versuchten, die Sorgen in ihren Gesichtern zu verbergen.

„Fräulein Klausen, bisher haben Sie hervorragende Arbeit geleistet", gratulierte ihr Professor Scherer auf dem Weg zurück in die Labore. „Ich denke, eine Beförderung ist angebracht, sobald wir positive Ergebnisse des Impfstoffs haben."

„Eine Beförderung?" Annas Herz hüpfte vor Stolz und Aufregung.

„Ja, als Leiterin der Abteilung für Impfstoffe. Zudem habe ich mir überlegt, dass Sie sich zusätzlich an der Universität einschreiben sollten. Ich habe große Pläne für Ihre Zukunft." Er sah sie freundlich an und fügte hinzu: „Bitte entschuldigen Sie mich, ich habe eine Mittagsverabredung."

Dann war er weg und ließ Anna verblüfft vor dem Eingang des Laborgebäudes stehen. Davon hatte sie ihr ganzes Leben lang geträumt. Ein Biologiestudium. Wissenschaftlerin werden. Menschen mit ihrer Arbeit helfen.

Aber im Moment schmeckte die Aussicht schal. Mehr als das, es schmeckte *falsch*.

Sie verzichtete auf das Mittagessen und vergrub sich stattdessen in der Arbeit. Eine Arbeit, die unschuldigen Kindern schreckliches Leid zufügte. Die Petrischale mit der Nährlösung entglitt ihrer Hand und zerbrach in eine Million Stücke.

Anna schloss für einen Moment die Augen und schnappte sich dann Besen und Schaufel, um das Chaos zu beseitigen. Als sie die Splitter zusammengefegt und den Boden gewischt hatte, steckte sie eine widerspenstige Haarsträhne hinters Ohr, lehnte sich auf den Besen und seufzte. *Manchmal müssen einige wenige zum Wohle vieler leiden.*

In diesem Krieg musste jeder Opfer bringen. Tuberkulose war eine der Geiseln der Menschheit, und sie könnte den Schlüssel in ihren Händen halten, um die Welt von dieser heimtückischen Krankheit zu befreien. Sollte sie wirklich die Chance wegwerfen, Millionen zu helfen, nur weil ein paar Behinderte leiden mussten?

KAPITEL 15

Ein nagendes Schuldgefühl verfolgte Anna für den Rest des Tages. Jedes Mal, wenn sie dachte, sie hätte es beiseitegeschoben, kehrte es bei der nächsten Gelegenheit zurück, stärker als zuvor. Als Anna nach Hause kam, bereiteten Ursula und Mutter das Abendessen vor.

„Hallo Liebling", sagte Mutter und blickte kurz vom Kartoffelschälen auf. „Du siehst müde aus."

„Ja, es war ein harter Tag", antwortete Anna und goss sich ein Glas Wasser ein. Sie musste unbedingt mit jemandem über die Ereignisse des Tages sprechen. Normalerweise wäre Mutter die erste Person, die ihren moralischen Kompass ausrichtete, aber der konnte sie sich nicht anvertrauen. Zumindest nicht heute. Mutter glaubte immer noch, dass Anna als einfache Krankenschwester an der Charité arbeitete. Nein, heute hatte sie nicht die Kraft, zu gestehen, dass sie in Wirklichkeit als Assistentin im Forschungslabor arbeitete und versuchte, einen Tuberkuloseimpfstoff zu finden.

„Alle sind dieser Tage müde", erwiderte Mutter und griff sich die nächste Kartoffel. „Wer kann noch gut schlafen bei all den Luftangriffen und den Nächten, die wir in diesen schrecklichen Bunkern verbringen müssen? Ich wünschte, der verdammte Engländer würde eine Bombe auf mich werfen, damit es endlich vorbei ist!“

Überrascht von Mutters plötzlichem Ausbruch ließ Anna beinahe das Wasserglas fallen. Vor dem Krieg, sogar noch bis Lotte verhaftet worden war, war Mutter der ruhende Fels in der Brandung gewesen. Das Fundament der Familie. Anna sah ihre Schwester hilfeflehend an, aber Ursula saß reglos auf ihrem Stuhl, die Augen tückisch feucht.

Anna verstand die Welt nicht mehr. Mutter schrie. Ursula weinte. Sie würde mit keiner der beiden über ihre eigenen Zweifel sprechen können. Sie studierte Ursulas Gesicht. Etwas war anders. Es war dünner, aber gleichzeitig irgendwie runder. Das ergab keinen Sinn. Anna zuckte mit den Achseln. Beinahe jedes Gespräch mit ihrer Schwester in den letzten Wochen hatte in Streit und Geschrei geendet. Sie waren alle am Rande eines Nervenzusammenbruchs.

„Kann ich helfen?“, fragte Anna und stellte dann einen Topf mit Wasser auf den Herd, um die Kartoffeln zu kochen.

Nach dem Abendessen blickte Anna auf die Uhr. „Peter wird mich in ein paar Minuten abholen.“

„Jetzt? Es wird bald dunkel“, protestierte Mutter.

„Mach dir keine Sorgen. Als ich noch in Moabit im Schichtbetrieb gearbeitet habe, war ich ständig nachts unterwegs. Ursula ist es immer noch.“

Ursula arbeitete oft unregelmäßige Schichten in Plötzensee. Es war die perfekte Tarnung für ihre Aktivitäten in Pfarrer Bernaus Untergrundnetzwerk, weil es ihr erlaubte, das Haus zu jeder Tages- und Nachtzeit zu verlassen, ohne Verdacht zu erregen.

„Die Dinge haben sich geändert“, sagte Mutter. „Es gibt mehr Verbrechen, seitdem die Leute nicht mehr genug zu essen haben.“

„Peter wird mich nach Hause bringen“, versicherte Anna ihrer Mutter.

„Woher soll ich wissen, ob er ein guter Mann ist? Du hast ihn mir noch nicht einmal vorgestellt!“

„Du wirst ihn kennenlernen. Bald. Nur nicht heute.“ Das war ein wunder Punkt. Anna wünschte sich, sie könnte ihn ihrer Familie vorstellen, aber sie wusste, dass weder Mutter noch Ursula sich von seinem Äußeren täuschen lassen würden. Mutter würde auf der Stelle bemerken, dass er etwas verheimlichte, und solange Anna sein Geheimnis nicht kannte, wagte sie es nicht, ihn nach Hause zu bringen.

„Das muss er sein", sagte Ursula, als die Türklingel schellte.

Anna stürzte mit einem breiten Grinsen auf den Lippen die Treppe hinunter. Sobald sie das Haus verlassen hatte, warf sie sich in seine Arme.

„Potzblitz! Was habe ich getan, um das zu verdienen?", fragte er und drückte einen Kuss auf ihre Wange. Dann spazierten sie Hand in Hand durch die Straßen, wurden es aber bald leid, nur Staub, Schutt und Zerstörung zu sehen.

„Willst du mit zu mir kommen, um eine Radiosendung zu hören?" Peter lebte in einer Mitarbeiterwohnung auf dem Gelände der Charité.

„Das wäre schön", antwortete Anna. Sie nahmen den nächsten Bus zur Charité. Obwohl Peter den Mercedes des Professors jederzeit benutzen durfte, zog er es vor, dies nicht während seiner Freizeit zu tun.

Als sie Peters Junggesellenwohnung betraten, die aus einem Schlafzimmer, einem Badezimmer und einer kleinen Wohnküche bestand, waren Annas Handflächen voller kaltem Schweiß.

Peter lud sie ein, sich auf der Couch niederzulassen, und schaltete dann das Radio ein, bevor er Tee machte und Anna eine Tasse anbot.

„Würde es dir etwas ausmachen, ein paar Minuten zu warten?", fragte er mit einem entschuldigenden Tonfall. „Ich muss noch etwas arbeiten."

„Nein, gar nicht. Ich werde nicht weglaufen." *Oder vielleicht doch.* Sie hatte beschlossen, mit ihm über die Dinge zu sprechen, die sie am Morgen in der Quarantänestation gesehen hatte. Aber jetzt war sie sich nicht mehr so sicher, ob es eine gute Idee war, ihm ihre wahre Gesinnung zu enthüllen. Sie kannte ihn noch nicht lange genug und es war nicht ausgeschlossen, dass er ein Informant der Gestapo war, der herausfinden sollte, was wirklich mit ihrer angeblich toten Schwester Lotte passiert war.

„Es wird nicht lange dauern, Süße.“ Er drückte einen Kuss auf ihre Wangen, und beim Einatmen seines männlichen Geruchs warf sie alle Vorsichtsmaßnahmen über Bord.

„Warte. Ich muss dir etwas sagen.“

Peter blickte gehetzt hin und her zwischen ihr und der geschlossenen Schlafzimmertür, wohinter sein kleiner Schreibtisch stand.

„Bitte“, flüsterte Anna. „Es ist wichtig.“

Er zog einen Stuhl neben die Couch und legte seinen starken Arm um ihre Schultern. Anna atmete mehrere Mal tief durch, bevor sie den Mut aufbrachte, die schrecklichen Abgründe ihrer schuldbeladenen Existenz aufzudecken. Sie warf einen Blick auf Peter und rang prompt wieder nach Luft. Konnte sie ihm anvertrauen, was sie gesehen hatte?

„Professor Scherer hat mich heute in die Kinderklinik gebracht. Auf die Quarantänestation.“

„Hat er das?“, fragte Peter mit zusammengebissenem Kiefer.

„Ich... es war schrecklich. Der Impfstoff, an dem ich arbeite? Ich wusste nicht, dass sie die Testseren benutzen, um an behinderten Kindern zu experimentieren.“ Sie schauderte, als die Szenen des Vormittags in ihrem Geist Gestalt annahmen. „Es war schrecklich.“

Peter sagte kein Wort, sondern drückte nur fest ihre Schultern. Aber seine Augen verrieten keine Überraschung.

„Du wusstest davon?“, keuchte sie.

„Da ich nicht zum medizinischen Personal gehöre, war ich noch nie in der Quarantänestation, aber ja, ich vermute schon lange, dass dort etwas Fürchterliches vor sich geht“, antwortete er und hob ihr Kinn mit dem Finger an, um ihr in die Augen zu sehen. Seine strahlend blauen Augen waren dunkel geworden. „Tun dir die Kinder leid?“

„Natürlich. Das Ganze ist so falsch, aus mehr als einem Grund. Ich wünschte, sie würden mit den Experimenten aufhören!“

„Sprich mit dem Professor. Er hört mehr auf dich, als auf jeden anderen Menschen.“

„Auf mich? Ich bin nur eine wissenschaftliche Assistentin.“

„Da irrst du dich. Professor Scherer ist überzeugt, dass du brillant bist. Er wettet darauf, dass du eines Tages den Nobelpreis bekommen wirst.“

Anna schüttelte den Kopf. „Er führt die Experimente nicht selbst durch, sondern das macht Doktor Bessau, der Leiter der Kinderklinik. Selbst wenn ich den Professor davon überzeugen könnte, keine Bakterienkulturen mehr herzustellen, würde es keinen Unterschied machen. Jemand anderes würde die Arbeit machen. Es ist nicht so schwer, weißt du?“

„Aber für dich würde es einen Unterschied machen“, beharrte Peter.

„Es ist nicht meine Schuld! Ich arbeite nur im Labor und tue, was mir gesagt wird. Nicht ich bin es, die Kinder mit einer tödlichen Krankheit infiziert! Ich wusste nicht einmal, dass jemand die Impfstoffe an Menschen testet!“, rief Anna.

„Aber jetzt weißt du es. Macht das einen Unterschied?“ Peter faltete seine großen Hände über ihre, als ob er sicherstellen wollte, dass sie nicht aufsprang und davonlief.

„Heilige Scheiße! Du tust gerade so, als sei ich die Böse hier! Ich wollte diesen Wahnsinn nie erleben, ich war nur in Ravensbrück, um...“ Anna schlug sich eine Hand auf den Mund, gelähmt vor Entsetzen. Auch wenn ihre erste Offenbarung Peter nicht dazu veranlasst hatte, sich von ihr abzuwenden, vertraute sie ihm nicht genug, um mehr zu sagen. Um alles zu sagen. „Eines Tages wird meine Arbeit einen Unterschied machen. Ich kann Tausende retten. Hunderttausende sogar. Dieser Impfstoff könnte eine der großen Plagen der Menschheit für immer besiegen. Ist das etwa nichts wert?“

„Anna, meine süße kleine Anna. Ich bin sicher, dass du die

besten Absichten hast, und die Arbeit, die du machst, wird eines Tages einen Unterschied machen. Aber es muss doch einen anderen Weg geben, um das gleiche Ergebnis zu erzielen." Peter streichelte ihr Haar, während er beruhigend auf sie einsprach.

„Ich weiß nicht, was ich tun soll", sie atmete tief durch und schüttelte dann den Kopf, während sie die Konsequenzen ihres Handelns betrachtete. Doch wie sie es auch drehte und wendete, sie fand keine befriedigende Antwort. „Wenn ich mich weigere, an den Bakterienkulturen zu arbeiten, wird das meine Karriere ruinieren. Professor Scherer hat versprochen, mich zu befördern, sobald wir einen Erfolg sehen."

Peter nahm ihr Gesicht in beide Hände und sah ihr tief in die Augen. „Manchmal müssen zum Wohl der Allgemeinheit Opfer gebracht werden."

KAPITEL 16

Anna arbeitete mehr und mehr Stunden täglich in dem verzweifelten Versuch, diesen Impfstoff so schnell wie möglich zu entdecken. Es war der einzige Weg, ihr Gewissen zu beruhigen. Tag für Tag sagte sie sich, dass sie die Kinder nicht infizierte, sondern nur die Bakterienkulturen züchtete. Sie folgte nur ihren Befehlen. Es gab nichts, was sie tun konnte.

Es müssen Opfer für das Gemeinwohl gebracht werden. Die Worte hallten durch ihren Kopf. Sowohl Professor Scherer als auch Peter hatten dieselben Worte benutzt, aber es lagen Welten zwischen dem, was sie damit gemeint hatten.

Anna zuckte mit den Achseln und sah aus dem Fenster. Zu dieser Jahreszeit, im März, sollte der Frühling sich anschicken, die Stadt in sein freundliches Licht zu tauchen. Aber statt blühender Bäume, bunter Blumen und grünem Gras, waren weit und breit nur Ruinen, Schutt und tote Baumriesen, die ihre nackten Äste wie die knorrigen Finger verfluchter Kreaturen in den Himmel reckten.

Als ob der tägliche Kampf um etwas Essbares in den leeren Regalen nicht genug wäre, hatten die Alliierten die Frequenz ihrer Luftangriffe auf Berlin weiter erhöht. Es waren nicht mehr nur die verhassten Engländer, deren Flugzeuge tief am Himmel hingen und ihre tödliche Fracht abwarfen, sondern auch die Amerikaner.

Die Radionachrichten verbreiteten weiterhin die schrecklichen Verluste, die der Feind erlitt, und feierten jedes abgeschossene feindliche Flugzeug. Aber die Alliierten ersetzten jeden zerstörten Bomber durch zwei neue, ganz wie der mythischen Hydra neue Köpfe nachwuchsen, wenn man einen abschlug. Anna schüttelte eine Faust in die Luft.

Mutter war seit Tagen außer sich vor Sorge, wann immer Anna und Ursula nachts allein durch die Straßen gingen. Aber seit diesem schicksalhaften Tag auf der Quarantänestation konnte Anna ihrer Familie nicht mehr in die Augen sehen, und zog es vor im Labor zu bleiben und so lange zu arbeiten, bis ihr fast die Augen zufielen.

Sie wünschte sich eine eigene Wohnung, in der sie nicht dem prüfenden Blick ihrer Mutter oder den unberechenbaren Stimmungsschwankungen ihrer Schwester ausgesetzt war. Manchmal auf dem Weg nach Hause, wenn sie wieder einmal den letzten Bus verpasst hatte, wünschte sie sich sogar insgeheim, von einer Bombe getroffen oder von einem Kriminellen getötet zu werden; zumindest würde dann ihr bohrendes Gewissen für immer zum Schweigen gebracht.

An diesem Abend, als sie mal wieder die letzte Mitarbeiterin im Labor war, hörte sie schwere Schritte im Flur. Professor Scherer, bekleidet mit Mantel und Hut, öffnete die Tür und schaute hinein. „Ich sah hier drin Licht. Sie arbeiten noch, Fräulein Klausen?"

„Ja, ich will nur noch dieses eine Experiment beenden, und dann gehe ich nach Hause."

Er sah sie mit dem gleichen missbilligenden Blick an, den Mutter benutzte, und sagte: „Es ist gefährlich für eine junge Dame allein draußen zu dieser nächtlichen Stunde. Unsere Feinde schlafen nicht."

„Ich weiß, Herr Professor, aber ich habe Radio gehört. Bislang wurden keine Flugzeuge im deutschen Luftraum auf dem Weg nach Berlin gesichtet. Und ich bin in spätestens einer Stunde hier fertig."

Er sah nicht überzeugt aus und ließ sich auf einem der Laborhocker nieder, um sie bei der Arbeit zu beobachten. Nach einigen

Minuten sagte er: „Ich werde warten, bis Sie fertig sind, und Sie dann mit dem Auto nach Hause bringen.“

„Vielen Dank.“ Anna freute sich über die unerwartete Gelegenheit, Peter zu sehen. Zwar hatten sie ihre Beziehung noch nicht offiziell gemacht, aber sie vermutete, dass der Professor etwas ahnte.

Als sie später in seiner Limousine saßen, Peter auf dem Fahrersitz und sie und der Professor auf der Rückbank, lehnte sich Professor Scherer hinüber und sagte: „Ich habe nachgedacht. Der größte Teil des Forschungspersonals lebt auf dem Campus. Ich hätte Ihnen schon lange eine Angestelltenwohnung angeboten, aber bei all der Zerstörung mussten wir so viele ausgebombte Verwandte unserer Mitarbeiter aufnehmen. Trotzdem, ich hasse es, Sie so spät nachts allein nach Hause gehen zu lassen.“

„Es ist kein Problem, wirklich“, Anna hatte keine Ahnung, worauf er hinauswollte.

„Doch, das ist es. Ich würde es mir nie verzeihen, wenn Ihnen etwas zustößt. Deshalb möchte ich, dass Sie in meiner Wohnung an der Charité wohnen. Ich benutze sie so gut wie nie, da ich mein Haus in Oranienburg oder das bei Ravensbrück bevorzuge.“

„Herr Professor, das ist ein sehr großzügiges Angebot...“ *Eines, das ich unmöglich annehmen kann.*

„Ich hätte das schon vor langer Zeit anbieten sollen. Gleich morgen früh gehe ich zur Personalabteilung und arrangiere, dass die Wohnung Ihnen zugeteilt wird.“ Professor Scherer lehnte sich wieder zurück, offensichtlich zufrieden mit der Lösung, die er gefunden hatte.

„Ich... ich würde das Angebot wirklich gerne annehmen“, Annas Herz hüpfte vor Freude bei dem Gedanken, der Kontrolle ihrer Familie zu entkommen und näher bei Peter zu sein, aber sie konnte so eine wichtige Entscheidung nicht alleine treffen. „Aber ich muss das erst mit meiner Mutter besprechen.“

„Natürlich. Sicherlich wird Ihre Frau Mutter den Vorteil sehen, dass Sie auf dem Gelände der Charité wohnen werden und nicht jede Nacht den gefährlichen Heimweg antreten müssen.“

„Nochmals vielen Dank“, sagte sie, als das Auto vor ihrem Wohnblock anhielt. Peter blickte sie im Rückspiegel an und sie konnte sehen, dass er sich genauso sehr nach einem Kuss sehnte wie sie selbst. Aber in Anwesenheit des Professors wäre das unschicklich gewesen.

„Gute Nacht, Herr Professor“, sagte sie und fasste dann nach Peters ausgestreckter Hand. Er war bereits um das Auto gelaufen, um ihr die Tür aufzuhalten und herauszuhelfen. Für einige köstliche Sekunden verweilte ihre Hand in seiner, und sie wünschte, sie könnte ihre Arme um ihn legen. Stattdessen sagte sie: „Danke, Peter. Gute Nacht.“

Dann ging sie die drei Stockwerke zu der Wohnung hinauf, die sie mit Mutter und Ursula teilte. Früher war es voll gewesen mit einer sechsköpfigen Familie, aber jetzt, da nur noch die drei dort lebten, fühlte es sich geradezu geräumig an. Mutter belegte das Elternschlafzimmer, während Ursula und Anna sich das andere Zimmer teilten. Ein Wohnzimmer, eine separate Küche und ein privates Badezimmer waren ein Luxus, den dieser Tage nicht mehr viele Menschen besaßen. Trotz der Bemühungen der Regierung, möglichst viele nicht kriegswichtige Bürger aus Berlin zu evakuieren, befanden sich immer noch zu viele Menschen für den täglich schrumpfenden Bestand an intakten Gebäuden in der Hauptstadt.

Sie würde ihre Familie vermissen. Aber sie sehnte sich auch nach Unabhängigkeit.

„Mutter. Ursula.“ Anna eilte hinein, während sie noch überlegte, wie sie die Neuigkeit am besten anschneiden sollte.

„Du siehst aufgeregt aus, Anna. Was ist passiert?“, fragte Mutter und bedeutete Anna, sich zu ihnen an den Küchentisch zu setzen.

„Nun, du hast dir doch immer so große Sorgen um meine Sicherheit gemacht, wenn ich während der Verdunkelung nach Hause gehen musste?“

„Das tue ich immer noch, Liebling. Ich mache mir jedes Mal Sorgen, wenn eine von euch da draußen ist“, sagte Mutter und schöpfte Kartoffelsuppe in Annas Teller.

„Dann wirst du sicher die Vorteile sehen.“ Anna atmete tief durch und sagte: „Professor Scherer hat mir freundlicherweise angeboten, seine Wohnung an der Charité zu benutzen. Ist das nicht wunderbar?“

„Er hat dich gebeten, bei ihm zu wohnen?“, fragte Mutter, fassungsloses Entsetzen in ihr Gesicht geschrieben.

„Nein, o nein. Die Wohnung steht leer, weil er sie selber so gut wie nie benutzt.“

Ihre Mutter schüttelte vehement den Kopf. „Trotzdem ist es seine Wohnung. Wie würde das aussehen? Was sollen die Nachbarn denken? Meine Tochter lebt in der Wohnung eines verwitweten Mannes, der ihr Vater sein könnte. Nur über meine Leiche.“

„Bitte, Mutter. Das Ganze wird mit der Personalabteilung abgesprochen und ich bekomme die Wohnung offiziell zugewiesen.“ Anna sah Ursula hilfeheischend an und war erstaunt, dass ihre Schwester sofort reagierte.

„Mutter, solche Arrangements sind sehr verbreitet. Wir haben auch Mitarbeiterwohnungen auf dem Gefängnisgelände. Es ist nichts Anstößiges dabei, wenn die Personalabteilung Anna eine Wohnung zuweist.“

Mutter sah von Anna zu Ursula und zurück. „Ich weiß nicht...“

„Du musst dir überlegen, was das Beste für Anna ist. Im Dunkeln nach Hause zu gehen ist gefährlich und unsere Feinde sind unberechenbar. Manchmal bekommen wir nur sehr kurz vor einem Luftangriff den Alarm. Wenn sie auf dem Gelände der Charité wohnt, musst du dir keine Sorgen machen, dass sie so spät nachts noch unterwegs ist.“

„Wir sehen uns trotzdem noch, weil ich zu Besuch komme, wann immer ich Zeit habe. Du wirst sogar von meinen häufigen Besuchen die Nase voll haben“, fügte Anna hinzu.

„Die ganze Sache gefällt mir nicht“, sagte Mutter, aber Anna konnte sehen, wie ihre Entschlossenheit schwand.

„Bitte. Es ist ja nicht so, dass ich noch nie alleine gelebt habe“, sagte Anna.

„Erwähne das nicht! Ich bin immer noch böse auf euch beide wegen dieser Sache. Ihr hättet alle drei dabei sterben können.“ Mutter starrte sie an und schüttelte den Kopf. „Und glaube nicht eine Minute lang, ich wüsste nicht, was du wirklich an der Charité machst, Anna Klausen!“

„Du weißt Bescheid?“, riefen Ursula und Anna wie aus einem Mund.

„Eine Mutter weiß alles, was ihre Kinder betrifft. Ich werde vielleicht alt, aber nicht dumm. Ich wusste, dass Lotte sich in Schwierigkeiten bringen würde, genauso wie ich wusste, dass du deine Idee, Biologin zu werden, nicht so einfach aufgeben würdest.“ Mutter kräuselte ihre Lippen zu einem schiefen Lächeln. „Und ich weiß auch, warum Ursula in letzter Zeit eine religiöse Ader und ihre plötzliche Liebe für den Schrebergarten entwickelt hat.“

„Wa... warum hast du nichts gesagt?“, stammelte Anna.

„Manchmal ist es besser zu schweigen. Und da ich das Gefühl habe, dass du in diese Mitarbeiterwohnung ziehen wirst, egal ob ich zustimme oder nicht, gebe ich dir hiermit meinen Segen.“

„Danke, Mutter.“ Anna war zu Tränen gerührt. Sie hatte eine Standpauke erwartet, aber nicht das.

„Gute Nacht“, sagte Mutter und zog sich in ihr Schlafzimmer zurück.

„Es ist auch für sie schwer, weißt du?“, sagte Ursula, als nur die beiden in der Küche zurückgeblieben waren. „Sie hat keine Ahnung, wo Vater gefangen gehalten wird, und jetzt, da sie weiß, dass Richard in Warschau ist, hört sie alle Nachrichten über Polen. Ich sehe, wie sie bleich wird, wenn ein Partisanenangriff oder andere schreckliche Neuigkeiten gemeldet werden.“

Anna erinnerte sich an die Reaktion Peters auf die Ermordung eines SS-Offiziers in Warschau. *Vielleicht hat er auch einen Bruder, der in Polen stationiert ist?*

„Hast du es ihr gesagt? Ich meine deine Arbeit für Pfarrer Bernaus Widerstandsgruppe?“, fragte Anna.

„Natürlich nicht. Wir reden nicht über diese Dinge. Niemals.

Aber wie könnte sie es nicht bemerken, dass ich Juden im Schuppen unseres Schrebergartens verstecke? Dass Lebensmittel aus der Speisekammer verschwinden? Ich habe jetzt ein Geheimzeichen, um sie wissen zu lassen, wenn sie nicht in den Schrebergarten gehen darf."

Und schon wieder fühlte sich Anna wie Abschaum. Ursula riskierte jeden Tag ihr Leben, um Juden aus dem Land zu schmuggeln, und Lotte war im KZ gelandet, weil sie eine Freundin versteckt hatte.

Und was tue ich? Nichts.

„Ich sollte meine Sachen packen", sagte Anna. „Professor Scherer hat angeboten, gleich morgen früh zur Personalabteilung zu gehen."

„Ich helfe dir – wenn du möchtest?", bot Ursula an.

Anna lächelte dankbar und drückte die Hand ihrer Schwester, bevor sie antwortete: „Das ist lieb von dir."

Sie falteten Kleidung, packten Bücher und Annas persönliche Gegenstände und legten alles in denselben Koffer, mit dem sie vor weniger als einem halben Jahr nach Ravensbrück gezogen war.

„Ich hoffe, dieser Umzug wird für dich glücklicher als der letzte", sagte Ursula und brach in Tränen aus.

„Schwesterherz, weine nicht." Anna legte die Bluse, die sie gerade zusammenfaltete, beiseite und umarmte Ursula fest.

„Ich kann nicht anders", schluchzte Ursula.

Anna spürte die Angst in sich aufsteigen. Ihre Schwester war willensstark und immer darum bemüht nach außen hin stark zu bleiben und demütig zu akzeptieren, was ihr das Schicksal bescherte. Ursula hatte nicht einmal öffentlich geweint, nachdem sie die Nachricht vom Tod ihres Mannes erhalten hatte. Also, warum war sie in letzter Zeit so eine Heulsuse geworden?

„Ich bin ja nicht aus der Welt." Anna drückte sie fest an sich. Warum war Ursula so aufgelöst, nur weil Anna auszog? Nach einer Weile wurden die Schluchzer leiser, und Anna ließ ihre Schwester los und ging einen Schritt zurück, um sie genauer zu betrachten.

Ursula nickte und wischte sich die Tränen aus dem Gesicht.

Anna rührte sich nicht und sah, wie ihre Schwester sich zur Seite drehte, um eine weitere Bluse zusammenzufalten. Da fiel es Anna wie Schuppen von den Augen. Dort, versteckt unter dem weiten Kleid, befand sich eine unverwechselbare Wölbung.

Anna sank wieder auf das Bett und packte Ursulas Arm. „Warum hast du mir nichts gesagt?"

„Dir was gesagt?" Ursula drehte sich um und sah sie vorsichtig an.

„Dass du schwanger bist!"

„Ich…" Ursula zuckte mit den Achseln und brach erneut in Tränen aus.

Ein schrecklicher Verdacht legte sich wie Blei auf Annas Herz. „Wer ist der Vater?"

„Du kennst ihn." Ursulas Schultern wurden von einer weiteren Runde gewaltiger Schluchzer geschüttelt. „Tom."

„Der englische Pilot? Gott steh uns bei!" Anna ließ sich auf den Rücken plumpsen.

„Pst! Du darfst keiner Menschenseele etwas davon sagen." Ursulas Augen weiteten sich panisch.

„Das weiß ich." Natürlich wusste sie es. Tom Westlake war ein englischer Pilot. Der Feind. Ein verurteilter Spion mit einem Todesurteil, das über ihm schwebte. Ein Gefängnisausbrecher. Ein gejagter Mann, der wegen Verbrechen gegen das Naziregime verurteilt worden war. Die Gestapo suchte wahrscheinlich immer noch nach ihm, und wenn sie Wind davon bekam, dass Ursulas Kind von Tom war... Anna wollte sich nicht vorstellen, was das für sie alle bedeuten würde. Ravensbrück war ein Kinderspiel im Vergleich zu dem, was die Gestapo für ihre Gefangenen in petto hielt.

„Versprich es mir, Anna. Niemand darf wissen, wer der Vater ist", bettelte Ursula.

„Meine Lippen sind versiegelt." Anna hob ihre Hand an ihren Mund und machte eine Geste, als würde sie einen Schlüssel drehen und wegwerfen, so wie sie es als Kinder getan hatten.

Ursula kicherte, wurde aber sofort wieder ernst. „Ich meine es ernst.“

„Ich auch. Glaubst du, ich will auch nur für eine Minute auf der anderen Seite des Zauns in einem der Lager sein? Gott bewahre. Dein Geheimnis ist bei mir in Sicherheit.“ Anna überschlug die Zahlen im Kopf und kam zu dem Ergebnis, dass ihre Schwester bereits im sechsten Monat war. „Warum bist du nicht früher zu mir gekommen?“

Ursula zog eine Grimasse. „Weil du so sehr mit deiner Karriere beschäftigt warst, mit Professor Scherer und Peter.“

„Ursula, du bist meine Familie. Ich werde nie zu beschäftigt sein für dich oder Mutter! Weiß sie Bescheid?“

„Nein, und ich will, dass es auch so bleibt.“

„Wie lange glaubst du kannst du deinen Zustand noch verbergen?“, sagte Anna mit einem pointierten Blick auf Ursulas wachsenden Bauch. Nun, da sie Bescheid wusste, fielen die Puzzleteile an ihren Platz und alles machte Sinn. Das runde Gesicht. Die Stimmungsschwankungen. Die Müdigkeit. Die vollen Brüste. „Sie wird es bald herausfinden, wenn sie es nicht sowieso schon vermutet.“ Ursulas Augen wurden schon wieder feucht und Anna wünschte sich, sie hätte den Mund gehalten.

„Es ist nur.... du erinnerst dich, dass ich immer Kinder haben wollte? Ich hatte alles geplant. Andreas und ich heiraten, er kommt auf Heimaturlaub nach Hause und ich werde schwanger. Sobald das Kind auf die Welt kommt, kann ich mit meiner schrecklichen Arbeit im Gefängnis aufhören und mit unserem Säugling zu Hause bleiben. Und sobald der Krieg vorbei ist, leben wir als eine glückliche Familie bis ans Ende unserer Tage.“

Anna konnte nicht anders, als bei dem rosigen Bild, das ihre Schwester gemalt hatte, sehnsüchtig zu seufzen. Für keine von ihnen war das Leben wie geplant verlaufen. Sie seufzte und wunderte sich, wo sie jetzt stünde, wenn sich die Dinge anders entwickelt hätten.

„Ich kann dich verstehen. Es ist nicht so, dass ich mir mein Leben so vorgestellt habe.“ Anna machte eine allumfassende Geste und stützte sich auf ihre Ellbogen. „Aber manchmal müssen wir akzeptieren, was das Schicksal uns gibt, und das Beste daraus machen.“

„Hey, das ist mein Spruch.“ Ursula schlug ihr auf den Arm, aber sofort verdunkelte Traurigkeit wieder ihre Augen. „Ich weiß nicht einmal, ob Tom es zurück nach England geschafft hat, ob er überhaupt noch am Leben ist.“ Sie legte eine Hand auf ihren Bauch. „Jeden Abend, wenn die Bomber kommen, schaue ich in den Himmel und hoffe, ihn dort zu sehen.“ Die Tränen fielen wieder. „Es ist dumm, ich weiß.“

„Es ist nicht dumm. Du liebst ihn“, sagte Anna und kuschelte sich an den Rücken ihrer Schwester.

„Was, wenn er sich da drüben in eine Engländerin verliebt? Er weiß nicht einmal...“ Ursula wischte sich die Tränen aus dem Gesicht und stand auf. „Ich hasse Hitler und ich hasse seinen Krieg! Wenn es vorbei ist, wird nichts mehr übrig sein, wofür es sich zu leben lohnt. Nicht für die Gewinner und schon gar nicht für die Verlierer. Es wird nur verbrannte Erde und Leichen geben.“

„Wir müssen darauf vertrauen, dass der Krieg bald zu Ende geht und es für uns alle eine bessere Zukunft geben wird.“ Anna versuchte, ihre Schwester zu trösten. „Lass uns schlafen.“

Insgeheim bewunderte sie Ursula dafür, dass sie so stark war. Sie war zierlich und dünn, und ihr sanftes Lächeln konnte jeden täuschen, aber tief im Inneren hatte Ursula die unnachgiebige Kraft einer stählernen Festung. Anna fragte sich, ob sie selbst in der Lage sein würde, so bedingungslos zu lieben und für einen Mann da zu sein, obwohl er der Feind war.

Glücklicherweise musste sie keine Antwort auf diese Frage finden. Ihr Leben war schon kompliziert genug.

KAPITEL 17

Am nächsten Tag zog Anna in ihre neue Wohnung. Da die zuvor Professor Scherer zugewiesen worden war, war sie größer und besser ausgestattet als die üblichen Dienstwohnungen. Sie bestand aus zwei Schlafzimmern, von denen eines nicht genutzt wurde, einem kombinierten Wohn- und Esszimmer und einer komplett eingerichteten Küche. Und das Beste daran: Es waren weniger als fünf Fußminuten zu den Labors und Peter wohnte nur ein paar Häuser weiter.

Aber inmitten ihres Glücks fühlte sie sich ein wenig schuldig, weil sie ihre Familie verließ, als die sie am meisten brauchte. Anna zuckte mit den Schultern. Es war die richtige Wahl gewesen.

Sie blickte auf die Uhr an der Wand gegenüber ihrem Arbeitsplatz und gähnte. Es war schon nach neun Uhr abends. Nun, da sie so lange arbeiten konnte, wie sie wollte, ohne sich Sorgen machen zu müssen, in der tiefschwarzen Nacht nach Hause gehen zu müssen, hatte sie wieder einmal die Zeit vergessen.

Normalerweise kam Peter vorbei, um sie an das Abendessen zu erinnern, und sie bereiteten eine Mahlzeit entweder bei ihr oder bei ihm zu, aber heute war er mit dem Professor unterwegs gewesen.

Alle Kollegen waren bereits gegangen. Sie streckte ihre Arme und Beine, räumte alles auf und schloss die Bakterienkulturen in den Schrank. Dann packte sie Mantel und Handtasche, schaltete das Licht aus und ging die Treppe zum Ausgang hinunter.

Die kühle Nachtluft roch nach Neuanfang. Der Frühling war endlich wieder in Berlin eingezogen. Löwenzahn und Gänseblümchen sprießten überall, sogar auf den Trümmerhaufen, als ob sie sagen wollten: *Schaut her! Uns ist es egal, ob Krieg ist oder nicht, wir werden immer hier sein.*

Anna lächelte und pflückte einen Strauß Gänseblümchen, um ihn daheim in eine Vase zu stellen. Das würde Peter gefallen. Er versuchte immer, sie aufzuheitern und etwas Normalität in ihr Leben zu bringen, wenn auch nur mit einer Blume.

Kurz darauf ertönte das ohrenbetäubende Kreischen der Luftschutzsirenen in der ganzen Stadt. Nach so langer Zeit hätte sie daran gewöhnt sein sollen, aber jedes Mal von Neuem liefen ihr eisige Schauer den Rücken hinunter – wie beim Geräusch von Fingernägeln, die über eine Tafel kreischten, nur hundertmal schlimmer. Anna überschlug ihre Möglichkeiten. Der öffentliche Schutzraum befand sich am anderen Ende des Geländes, mindestens zehn Gehminuten entfernt. Aber es gab einen kleineren Raum, nicht mehr als einen befestigten Keller unter dem Hörsaal. Sie hasste dieses winzige Zimmer und fürchtete sich davor, alleine die Nacht dort zu verbringen.

Doch als das tiefe Dröhnen der herannahenden Flugzeuge selbst das Gekreische der Sirenen übertönte, wusste sie, dass sie keine Wahl hatte. Sie würde es nie bis zum öffentlichen Luftschutzkeller schaffen.

Sie eilte die Treppe hinunter und versuchte, ihre Angst beim Betreten des gruseligen Kellerverlieses in Schach zu halten. Ein schwaches Notlicht tauchte den Raum in gruseliges Halbdunkel.

„Iiieeeekkk“, schrie sie, als sie einen Schatten im Raum bemerkte.

„Bist du das, Anna? Ich bin es. Peter“, rief der Schatten aus der Dunkelheit.

„Jesus Maria, hast du mich erschreckt. Ich dachte...“ Anna fiel in seine Arme, ihr Herz schlug hart und schnell.

„Dass ich ein Gespenst bin? Buuhh!“ Er gluckste ob des Zitterns, das über ihre Arme lief. „Du bist bei mir sicher. Ich werde dich beschützen.“

Der Lärm an der Oberfläche wurde lauter, erschreckender, wie ein Schwarm wütender Hornissen, die auf ihr Ziel losstürmten.

„Ich hasse sie“, murmelte sie.

„Das tun alle. Aber sie machen auch nur ihre Arbeit.“

„Wie kannst du so etwas sagen!“ Anna drehte sich in seinen Armen und starrte ihn wutentbrannt an. „Sie töten unschuldige Menschen. Warum bombardieren sie nicht militärische Ziele? Warum kommen sie hierher, um Frauen und Kinder zu ermorden?“

„In einem Krieg gibt es keine Unschuldigen. Nicht in diesem.“ Seine Stimme wurde nachdenklich und erinnerte sie an ihre eigenen Zweifel.

„Können wir über etwas anderes reden, etwas weniger Deprimierendes?“, fragte Anna mit gedämpfter Stimme, als sie sich wieder an ihn lehnte. In seinen Armen fühlte sie sich sicher. Nichts und niemand konnte ihr etwas anhaben.

„Sicher, worüber willst du reden?“ Peter drückte sie fester an sich und malte mit seinem Finger Kreise auf ihren Arm. Es fühlte sich so gut an. Zu gut. Ihr Körper drohte zu explodieren, während sie mit angehaltenem Atem darauf wartete, was er als nächstes tun würde.

„Erzähl mir von deinem Leben vor dem Krieg. Bevor du für den Professor gearbeitet hast“, sagte Anna, um dem Unausweichlichen zu entgehen.

„Da gibt es nicht viel zu erzählen.“

„Bitte“, bettelte sie, kuschelte sich dicht an ihn und spürte die Wärme seines Körpers, die sie wie eine weiche Decke einhüllte.

„Nun. Ich bin auf einem Bauernhof mitten im Nirgendwo aufgewachsen. Ich bin der Älteste von vier Kindern und nach der Schule wollte ich nur weg. Das Leben in der Hauptstadt schien so viel aufregender zu sein.“ Er lächelte und streichelte ihre Oberarme. „Eine Zeit lang war mein Leben perfekt, aber dann kam der Krieg. Und jetzt arbeite ich für Professor Scherer.“

Anna lehnte ihren Kopf zurück. Seine Worte hatten sie mit mehr Fragen als Antworten zurückgelassen, aber als seine Finger sanft über ihren Hals strichen, verweigerte ihr Gehirn jeden logischen Gedanken und sie fühlte nur noch das Verlangen.

Peter drehte sie herum, sodass sie auf seinem Schoss zum Sitzen kam und ihn dabei anschaute. Er legte einen Finger unter ihr Kinn und hob es hoch, um einen Kuss auf ihre Lippen zu pressen. Köstliche Schauer rasten durch ihre Adern und ein Prickeln breitete sich bis in ihre Zehen aus.

Anna öffnete ihre Lippen und seine Zunge rutschte dazwischen, erkundete ihren Mund und schickte mehr süßes Kribbeln durch ihren Körper. Seine Hände strichen über ihren Brustkorb, zogen an ihrer Bluse, und dann spürte sie seine rauen Handflächen auf ihrer weichen Haut. Wundervolle Schauder ließen sie zittern und zufrieden schnurren – bis die Erinnerung an den Teufel, der sich nahm, was sie nicht geben wollte, hochkochte und sie verzweifelt versuchte, sich aus Peters Umarmung zu befreien.

„Anna, was ist los?“, stöhnte Peter.

„Nichts. Ich dachte, ich hätte eine Explosion gehört.“ Sie sprang von seinem Schoß und flüchtete in Richtung Tür. Er folgte ihr und legte eine Hand auf ihre Schulter. Sie zuckte zusammen.

„Meine liebste Anna. Was ist passiert? Hast du Angst vor mir?“, sagte er mit kontrollierter Stimme und sie konnte sehen, dass er darum kämpfte, die Beherrschung zu bewahren.

„Nein.“ Anna schüttelte den Kopf, aber ein Blick auf Peters Gesicht sagte ihr, dass er kein einziges Wort glaubte. „Nicht vor dir.“

„Was macht dir so viel Angst, dass du jedes Mal wegläufst, wenn ich dich küsse?“

Sie konnte unmöglich antworten. Er würde sie verachten, wenn er die Wahrheit wusste. Womöglich würde er sie sogar wegschicken... Die Aussicht, ihn nie wiederzusehen, ließ ihren Mund austrocknen.

„Halt mich einfach fest, bitte", sagte Anna schließlich.

Peter antwortete nicht, sondern zog sie gegen seinen Oberkörper, schlang beide Arme um sie herum und legte sein Kinn auf ihren Kopf. Weit über ihnen wackelte das Gebäude mit jedem Aufprall und der Boden vibrierte bei jeder neuen Explosion.

„Schließe deine Augen und versuche dich zu entspannen. Wir werden wahrscheinlich den Rest der Nacht hier unten sein", sagte Peter und trug sie zu einer der Pritschen, wo er sie hinlegte und sich dann daneben quetschte und einen Arm um sie legte. Während draußen das apokalyptische Inferno tobte und die Erde mit dem Zorn eines Riesen erschütterte, zitterte, bebte und betete Anna darum, diese Nacht zu überleben.

Trotz des endlosen Bombenhagels musste sie in der Geborgenheit von Peters Armen eingeschlafen sein, denn sie wachte mitten in der Nacht plötzlich desorientiert auf. Ein weiterer kräftiger Einschlag in der Nähe ließ den Boden unter ihren Füßen wie Götterspeise wackeln, und die Angst kroch tiefer in ihre Knochen. Die Notbeleuchtung hatte ihren Geist aufgegeben und in der völligen Dunkelheit spürte sie, wie Peter neben ihr gleichmäßig atmete. Er schien tief und fest zu schlafen, aber bei dem Krach der nächsten Explosion setzte er sich senkrecht auf und murmelte: *„Cholera, wszyscy tu zginiemy."*

Eisige Hände wollten ihr Herz zerquetschen, als ihr einfiel, wo sie diesen Ausdruck schon einmal gehört hatte. Einige der polnischen Gefangenen in Ravensbrück hatten ihn benutzt und grob übersetzt bedeutete er *Verdammt, sie werden uns alle töten.*

Sie blinzelte und erahnte seine Gesichtszüge mehr, als sie sie sah. Mit seinem dunkelblonden Haar und seinen eisblauen Augen sah er nicht aus wie ein Pole. Zumindest nicht wie die, die in den Rassenkundebüchern abgebildet waren. Er konnte kein Pole sein. Nein. Polen gehörten zur unterlegenen slawischen Rasse, und jegliche Art von persönlicher Beziehung zwischen Ariern und Slawen war strengstens verboten. *Es muss einen plausiblen Grund dafür geben, dass er im Schlaf polnisch spricht.*

Sie würde ihn gleich morgen früh damit konfrontieren.

KAPITEL 18

Am nächsten Morgen erwachten Anna und Peter und überprüften den Unterschlupf, um sicherzustellen, dass er die Bombenangriffe intakt überstanden hatte. Dann erst öffnete Peter die Stahltür und eine Staubwolke wehte herein.

Anna hustete und hielt sich an Peter fest, als sie auf das Bild der Zerstörung blickte. Obwohl sie im Keller waren, konnte sie den blauen Himmel über sich sehen. Ein Teil des Gebäudes war eingestürzt und die Treppe war mit Schutt bedeckt.

„Das sieht nicht gut aus. Du bleibst hinter mir", befahl er und fing an, Ziegelsteine, Holz und Betonstücke wegzuschaufeln, bis er und Anna aus dem kleinen Raum hinaustreten konnten. Sonnenstrahlen schimmerten durch die zerstörten Decken. Er griff nach ihrer Hand. „Schnell, wir wissen nicht, wie lange es dauert, bis das hier alles einstürzt."

Anna wickelte ihren Schal über Mund und Nase, um das Einatmen von Staub und Rauch zu vermeiden. Aber der dünne Stoff konnte nicht verhindern, dass der charakteristische Geruch von verbranntem Menschenfleisch in ihre Nasenlöcher drang. Plötzlich hatte sie das Gefühl zu ersticken. Im Gegensatz zu den kremierten

Leichen in Ravensbrück waren diese unglücklichen Menschen bei lebendigem Leib verbrannt.

Bei einem typischen Luftangriff wurden zuerst explosive Bomben geworfen, danach Minen. Die zerstörerische Kraft ihrer Detonationswellen blies Steinmauern um, als wären sie aus Papier. Zum Schluss wurden Phosphorbomben geworfen. Das daraus resultierende Feuer fand mehr als genug Nahrung in Holzmöbeln, die durch zerborstene Mauern freigelegt worden waren, um noch lange, nachdem die Bomber verschwanden, weiter durch die Stadt zu wüten.

Es war eine Sequenz, die auf maximale Zerstörung ausgelegt war. In diesem Krieg war alles erlaubt. Keine der beiden Seiten hielt sich mehr zurück, und anders als im Ersten Weltkrieg vor zwanzig Jahren waren Zivilisten genauso Ziele wie Soldaten oder militärische Einrichtungen.

Als sie den Keller verließen und auf die Oberfläche hinaustraten, ließ das volle Ausmaß des Schadens Anna nach Luft schnappen. Mehrere Gebäude der Charité hatten massive Schäden erlitten; die ehemals schönen roten Backsteinhäuser waren nur noch Ruinen. Krankenhausbetten und medizinische Geräte lagen verstreut auf dem Boden wie Bauklötzchen in einem Kinderzimmer. Das Jammern und Wimmern verwundeter Patienten erfüllte die Luft.

Krankenschwestern und andere Mitarbeiter versuchten verzweifelt, verschüttete Patienten mit bloßen Händen auszugraben. Anna und Peter sprangen zu Hilfe, bewegten Stein für Stein, bis wieder eine vor Schmerzen schreiende Person befreit werden konnte, die dann von Helfern auf einer Trage ans andere Ende des Campus‘ getragen wurde, wo Freiwillige dabei waren, ein provisorisches Krankenhauszelt aufzubauen.

Annas Seele weinte über jedes neue Opfer, das sie entdeckten. Sie fanden zwei Kinder, die sich aneinanderklammerten, ihre engelsgleichen Gesichter gen Himmel gerichtet. Nachdem Anna mit geschlossenen Augen einmal tief durchgeatmet hatte, strich sie die beiden von der Liste der vermissten Patienten. Sie taumelte und ließ sich auf einen Trümmerhaufen sinken.

„Ich kann das nicht mehr machen“, murmelte sie.

„Natürlich kannst du“, ermutigte Peter sie und berührte ihre Schulter.

Sie lachte bitter. Welche andere Wahl hatte sie schon, als weiterzumachen? Jeder in Berlin lebte in ständiger Angst und betete darum, wenigstens den nächsten Tag zu überleben. Wenn die Menschen gewusst hätten, wie schlimm die Dinge werden würden, wären sie Hitler dann immer noch freiwillig in diesen vernichtenden Krieg gefolgt?

Viel später am Tag, als die schlimmsten Schäden behoben und die verschütteten Patienten befreit worden waren, organisierte Professor Scherer eine Mitarbeiterversammlung im weitgehend unversehrten Hörsaal. Vor allem unter den Krankenschwestern in der Nachtschicht gab es zahlreiche Verluste, aber auch drei Mitglieder von Annas Forschungsabteilung, darunter der Gruppenleiter, waren tot aufgefunden worden. Professor Scherer versuchte, den Mitarbeitern Motivation und Durchhaltewillen einzubläuen, aber alle verließen das Treffen mit langen, düsteren Gesichtern.

„Fräulein Klausen, auf ein Wort“, rief er ihr nach, als sie mit den anderen den Hörsaal verlassen wollte.

„Ja, Herr Professor.“ Anna wandte sich dem Mann zu, den sie seit ihrer Kindheit bewundert hatte. Seine wissenschaftliche Arbeit bewunderte sie noch immer, aber sie hatte auch seine dunkle Seite gesehen. Sie schob die Gedanken beiseite. Seit dem Tag auf der Quarantänestation hatte sie alles darangesetzt, nicht an die leidenden Kinder zu denken – und an die Rolle, die sie selbst dabei spielte. Jeden Tag redete sie sich aufs Neue ein, dass ihr die Hände gebunden waren und sie nichts ändern konnte. Es spielte keine Rolle, wer die Bakterienkulturen züchtete. Wenn sie es nicht wäre, würde jemand anderes es tun.

Und womöglich rechtfertigte das Allgemeinwohl ein solches Opfer Einzelner?

„Wie geht es Ihnen?“, fragte der Professor.

„Wie alle anderen auch bin ich erschüttert. Aber das geht vorbei. Wir haben keine andere Wahl, als weiterzumachen.“

Er hob seine Augenbrauen. „Es ist gut, dass Sie diese schrecklichen Ereignisse mit solcher Würde ertragen. In schlechten Zeiten erkennen wir den wahren Charakter eines Menschen.“

Anna hatte keine Ahnung, worauf er hinauswollte, aber seine nächsten Sätze ließen sie heftig die Luft einsaugen.

„Wie Sie wissen, ist Ihr Gruppenleiter verstorben und wir brauchen einen Ersatz. Es ist nicht die Beförderung, die ich für Sie im Sinn hatte, aber die Position gehört Ihnen.“

„Mir? Sie wollen, dass ich die Forschungsabteilung leite?“, fragte Anna ungläubig. Sie würde eine Gruppe von wissenschaftlichen Assistenten leiten, ihnen Anweisungen und Befehle geben. Es war die Erfüllung ihrer kühnsten Träume. „Ich fühle mich geehrt.“

„Sie werden eine gute Gruppenleiterin sein. Die Position bringt mehr Aufgaben und mehr Verantwortung mit sich, aber ich bin mir sicher, dass Sie dies mit links schaffen werden, wie alles andere auch. Mit Gelassenheit und einem scharfen Verstand“, versicherte ihr der Professor.

„Danke. Können Sie mir etwas mehr über meine neuen Aufgaben sagen?“, fragte Anna.

„Machen Sie sich keine Sorgen. Doktor Schmid wird Sie auf Schritt und Tritt begleiten. Er wird erfreut sein, Sie als Gruppenleiterin zu haben.“ Mit diesen Worten entließ der Professor sie. Doktor Schmid war Leiter der bakteriologischen Forschung und arbeitete außerdem als Arzt in der Kinderklinik. Anna fand, er war ein guter Wissenschaftler, angetrieben von Ehrgeiz, aber ein viel schlechterer Vorgesetzter, weil ihm das Verständnis für zwischenmenschliche Beziehungen fehlte.

Am nächsten Tag erklärte ihr Doktor Schmid, dass sie ihre Arbeit im Labor fortsetzen müsste, weil es keinen Ersatz für sie gab, aber zusätzlich müsste sie auf einer strategischen Ebene arbeiten und neue Versuchsreihen vorschlagen.

Anna strahlte ihn an und konnte ihren eigenen Ohren kaum trauen. Sie wurde damit beauftragt, ein Experiment von Anfang bis Ende zu durchdenken, zu erschaffen, zu leiten und zu analysieren. Es war alles, was sie sich je erhofft hatte, und noch mehr.

Sie würde sich des Vertrauens von Professor Scherer als würdig erweisen und helfen, Heilmittel für die verheerendsten Krankheiten der Menschheit zu entwickeln. Sie sah sich bereits auf einer Ebene mit Marie Curie und Irène Joliot-Curie, die als einzige Frauen jemals einen Nobelpreis außerhalb der Kategorien Literatur oder Frieden erhalten hatten.

KAPITEL 19

Seit Professor Scherer sie befördert hatte, arbeitete Anna praktisch rund um die Uhr. Angetrieben von der Notwendigkeit eines Erfolgs machte es ihr nichts aus, dass ihr soziales Leben auf null reduziert worden war. Es war schließlich nicht so, als gäbe es viele Ablenkungen. Seit Stalingrad vor einem Jahr war ein mehr oder weniger permanentes Tanzverbot in Kraft getreten. Genehmigte Kinofilme waren in der Regel getarnte Propaganda, und man wusste nie, ob das Lieblingsrestaurant am nächsten Tag noch stehen würde.

Aufgrund ihrer Arbeitsbelastung hatte sie Mutter und Ursula eine ganze Woche lang nicht besucht, und selbst die Treffen mit Peter waren nur noch sporadisch. Einerseits sehnte sie sich danach, mehr Zeit mit ihm zu verbringen, aber andererseits wusste sie, dass sie sich zuerst mit ihren inneren Dämonen auseinandersetzen musste, um das Zusammensein mit ihm auch zu genießen. Er würde sich nicht unendlich lange mit einem Kuss hier und da zufriedengeben.

Die Uhr an der Wand tickte laut im ansonsten stillen Labor. Nach dem gemeinsamen Abendessen mit Peter war sie an ihren Arbeitsplatz zurückgekehrt, um nur noch *eine einzige* weitere Analyse durchzuführen. Plötzlich zerriss das schrille Geräusch eines klingelnden Telefons ihre Konzentration.

Sie starrte auf das schwarze Gerät und fragte sich, wer um diese Zeit anrufen könnte. Alle anderen Mitarbeiter waren bereits nach Hause gegangen. Seufzend hob sie den Hörer ab und erwartete, die Stimme eines der leitenden Ärzte zu hören.

„Anna Klausen“, sprach sie in den Hörer.

„Hier ist Alexandra.“

Alexandra? Ich kenne keine Alexandra. Doch dann klickte ihr müdes Gehirn und verband ein Gesicht mit der Stimme. Ihre Schwester Lotte, die unter dem falschen Namen Alexandra Wagner lebte.

„Ist alles in Ordnung?“, fragte Anna mit einem flauen Gefühl in der Magengrube und fragte sich, wie Lotte ihre Nummer bekommen hatte.

„Deine Schwester Ursula hat mir deine Nummer gegeben. Ich hoffe, das war in Ordnung.“

„Ja. Normalerweise dürfen wir dieses Telefon nicht für private Anrufe benutzen, aber nachdem es bereits weit nach zehn Uhr ist, denke ich, geht das in Ordnung. Wie geht es dir? Bekommst du genug zu essen?“

Lotte seufzte und sagte: „Genug ist relativ. Aber ich nehme zu, wenn es das ist, worüber du dir Sorgen machst.“

„Jetzt sag mir, was du brauchst.“ Anna wusste, dass ihre Schwester niemals ohne Grund anrufen würde.

„Einen Gefallen.“

„Und zwar...“ Annas Herz erstarrte. So wie sie ihre Schwester kannte, wusste sie, dass sie die Antwort nicht mögen würde.

„Bitte versprich mir, zuerst zuzuhören, ja?“

„Von mir aus.“ Anna war sich nun sicher, dass sie den Gefallen nicht mögen würde.

„Ich habe mich als Wehrmachtshelferin beworben und will mich zur Nachrichtenhelferin ausbilden lassen. Aber da ich keine Familie habe, die für mich bürgen kann, brauche ich eine Empfehlung. Vorzugsweise von einer angesehenen Person, die ein hohes Ansehen in der Partei hat. Jemand wie Professor Scherer.“

„Aber... du kannst keine Wehrmachtshelferin werden, wenn du nicht mindestens achtzehn bist."

„Du hast meinen Geburtstag vergessen!", rief Lotte mit gespiegelter Empörung. „Ich wurde schon letzten Monat achtzehn."

„Was?" Lottes Geburtstag war im September und nicht im Februar. Doch dann verfluchte sie Ursula, weil diese Lotte in ihren falschen Papieren sieben Monate älter gemacht hatte. Sie hätte Lotte mindestens fünf Jahre jünger machen sollen, um sie aus Schwierigkeiten herauszuhalten. Anna riss sich zusammen und spielte das Spielchen mit, nur für den Fall, dass die Leitung abgehört wurde. „Tut mir leid, das habe ich wirklich vergessen. Herzlichen Glückwünsch nachträglich."

Ein langes Schweigen hing in der Leitung, bis Lotte fragte: „Bist du noch dran, Anna?"

„Ja. Bist du sicher, dass du das willst? Die Nachrichtenhelferinnen arbeiten direkt hinter der Front und helfen den Kriegsanstrengungen, indem sie Informationen sammeln und an das Hauptquartier schicken... Oh je, sag mir nicht, dass das dein Plan ist! Es ist zu gefährlich!" Anna keuchte. In Anbetracht von Lottes Hass auf die Nazis konnte ihr Anliegen nur eines bedeuten: Sie wollte als Spionin für die Alliierten arbeiten und ihnen geheime Informationen zuspielen.

„Genau das ist meine Absicht! Ich will alles dazu beitragen, um diesen Krieg zu verkürzen. Sagt nicht sogar unser Führer, dass sich jeder einbringen und seinen Teil zum Kriegserfolg beitragen muss?" Lotte spuckte die Worte aus, und Anna konnte ihre wahre Bedeutung deutlich hören.

„Es ist Selbstmord. Würde deine Mutter es nicht lieber sehen, dass du in Sicherheit bist und hier im Reich deinen Beitrag leistest?", versuchte Anna ihre Schwester zu überzeugen.

„Ich habe keine Familie mehr. Sie sind alle bei dem Luftangriff auf Köln vor zwei Jahren ums Leben gekommen." Lotte betete die Details ihrer neuen Identität herunter. Und wieder verfluchte Anna

Ursula. Sie hätte Lotte zu einem dummen Bauernmädel mit zehn Geschwistern machen sollen, die sie nicht allein lassen konnte. Kein verwaistes Stadtkind, das für sich selbst sorgt.

„Was, wenn der Feind dich gefangen nimmt und in ein Kriegsgefangenenlager steckt?“ Vielleicht würde die Erinnerung an ihre Zeit in Ravensbrück Lottes Meinung ändern.

„Das macht mir keine Angst. Ich tue alles, um zu retten, was von meinem geliebten Deutschland übrig ist. Würdest du mir jetzt bitte dabei helfen?“, flehte Lotte sie an.

„Stur wie ein Maultier, warum erinnert mich das an meine verstorbene Schwester?“, murmelte Anna und seufzte dann. „Da ich mir sicher bin, dass du diese wahnsinnige Idee nicht aufgeben wirst, werde ich sehen, was ich tun kann. Aber ich kann nichts versprechen.“

„Tausend Dank! Du bist die beste Freundin, die man sich wünschen kann. Anna...“ Lotte machte mitten im Satz eine Pause und Anna konnte geradezu die Anstrengung hören, die Lotte aufbrachte, um ihre Tränen zurückzuhalten. „Dieser Doktor.... hat er? Nachdem du mich...“ Lotte konnte ihren Satz nicht vollenden.

Anna zerquetschte beinahe den Telefonhörer in ihrer Hand. Offensichtlich gab sich Lotte die Schuld für den Missbrauch, den Anna durch Doktor Tretter erlitten hatte. Anna schloss die Augen und zwang dann ihre Stimme, ruhig und gelassen zu bleiben, während sie log: „Nur dieses eine Mal.“

„O Anna! Ich hatte solche Angst.“

„Lass uns nicht darüber reden. Das liegt alles in der Vergangenheit“, sagte Anna, weil sie sich nicht von dieser schmerzhaften Erinnerung überwältigen lassen wollte.

„Wir müssen weiterkämpfen, jede von uns“, flüsterte Lotte ins Telefon.

Anna beendete kurz darauf das Gespräch und dachte, dass jede der drei Schwestern ihre eigene Last zu tragen hatte. Obwohl Lotte schreckliches durchgemacht hatte, war sie, kaum genesen, sofort wieder bereit, den Kampf aufzunehmen, um ihr Land von seiner schändlichen Regierung zu befreien.

Anna räumte ihren Arbeitsplatz auf und konnte nicht verhindern, dass die auf ihr lastenden Schuldgefühle größer und schwerer wurden. Ihre beiden Schwestern waren so viel mutiger und ehrenwerter, als sie es je sein könnte. Ursula riskierte jeden Tag ihr Leben, um Juden aus dem Land zu schmuggeln, und Lotte wollte Spionin werden. Beide würden als Landesverräter gehängt, sollten sie auffliegen.

Und was mache ich?

Sie zog ihren Mantel an und schaltete das Licht im Labor aus. Eine lauwarme Brise begrüßte sie, als sie aus dem Gebäude trat. Nach diesem langen und harten Winter freute sich jeder in Berlin über den Frühling. Es war ein Versprechen auf Neuanfänge, auf eine neue Chance zu leben.

Aber nicht für jeden. Nicht für die armen Kinder, die als Versuchskaninchen benutzt wurden.

Ich befolge nur Befehle. Es gibt nichts, was ich tun kann, um diesen Kindern zu helfen. Es würde für sie keinen Unterschied machen, wenn ich mich weigere. Jemand anders würde meine Arbeit machen.

Annas Magen zog sich schmerzhaft zusammen und sie ging schneller. Innerhalb von zwei Minuten stand sie vor dem Gebäude mit ihrer Wohnung. Sie drehte sich abrupt um, lief am Hörsaal und an der Kinderklinik vorbei, bis zum anderen Ende des Campus‘, wo das provisorische Feldlazarett aufgebaut war.

Stöhnen, Jammern und Schmerzensschreie zerschnitten die Luft. Neben Krankheit und Verletzungen drohte den Patienten nun auch eine Infektionskrankheit wie Fleckfieber, Cholera oder Tuberkulose.

Du tust das Richtige. Dieser Impfstoff kann so viele Menschenleben retten.

Millionen starben in diesem Krieg; welchen Unterschied machten ein paar behinderte Kinder? Tief im Inneren wusste sie, dass es falsch war, aber sie wischte ihre Bedenken beiseite und zog es vor, auf die Stimme der Vernunft zu hören, die darauf bestand, dass das Ziel die Mittel rechtfertigte.

Im Krieg musste jeder Dinge tun, die er unter normalen Umständen nicht tun würde. Soldaten mussten töten. Und sie musste unbeabsichtigte Nebenwirkungen ihrer Forschung hinnehmen.

KAPITEL 20

Anna zog den schwarzen Zweiteiler an, den sie mit Doktor Tretters Kleidermarken gekauft hatte. Trotz ihres Hasses auf den Mann konnte sie es sich nicht leisten, das einzige elegante Kostüm, das sie besaß, im Schrank hängen zu lassen.

Professor Scherer war zu einer gesellschaftlichen Veranstaltung im Haus des Wissenschaftsministers eingeladen worden und hatte Anna darum gebeten, ihn zu begleiten. Wie immer fuhr Peter, und Anna wartete darauf, dass der Mercedes um die Ecke bog.

Als die Limousine vor ihr anhielt und Peter heraussprang, um ihr die Tür aufzuhalten, machte ihr Herz einen Hüpfer. Er sah in seinem schwarzen Anzug so unglaublich fesch aus. Sein Blick schweifte über ihren Körper und ein bewunderndes Lächeln erhellte seine Augen. Überall, wo sein Blick sie gestreift hatte, brannte Annas Haut mit einer glühenden Hitze.

„Du siehst fantastisch aus“, flüsterte er, als er ihr beim Einsteigen half. Schmetterlinge kitzelten ihren Magen und sie musste sich zusammenreißen, um sich in Gegenwart des Professors nichts anmerken zu lassen.

„Fräulein Klausen, ich bin so froh, dass Sie die Zeit gefunden haben, mich zu begleiten. Wenn Sie den Minister mit Ihrer Intelligenz und Ihrem Charme ebenso sehr beeindrucken wie mich, wird es keine Grenze geben, was Sie erreichen können", sagte Professor Scherer.

„Natürlich habe ich immer Zeit für Sie, Herr Professor." Anna nickte freundlich. Sie hatte gelernt, dass eine Karriere in der Wissenschaft genauso viel soziale Kontakte und das Beeindrucken der richtigen Leute erforderte wie echte Arbeit im Labor.

„Seien Sie vorsichtig, welche Art von Informationen Sie preisgeben, Fräulein Klausen. Wir wollen nicht alle unsere Karten auf einmal auf den Tisch legen und wir wollen auf keinen Fall, dass Professor Lugauer aus München unsere Forschungsansätze mitbekommt und nachmacht."

Anna hörte aufmerksam zu und nickte, während Peter das Auto durch das zerstörte Zentrum Berlins fuhr.

„Wohin fahren wir?", fragte sie, als sie die Stadt hinter sich ließen und am Ufer des Wannsees entlangfuhren. So weit außerhalb verblasste das Bild der Zerstörung und Anna vergaß fast den hässlichen Krieg.

„Schwanenwerder", antwortete der Professor.

„Wirklich?" Anna konnte ihre Überraschung nicht verbergen. Die Insel Schwanenwerder war der prestigeträchtigste Stadtteil Berlins. Nur die Crème de la Crème der Nazis wie Joseph Goebbels, Hitlers Leibarzt Theo Morell und der Minister für Rüstung und Kriegsproduktion, Albert Speer, hatten dort ihre Villen. Gewöhnlichen Sterblichen wurde kein Zugang zur Insel gewährt.

Peter fuhr den Mercedes über die Brücke, welche die Insel mit dem Festland verband, und hielt vor der Schranke an.

Zwei uniformierte SSler richteten ihre Waffen auf die Insassen, während ein dritter sich dem Auto näherte, um ihre Ausweise zu überprüfen.

„Professor Scherer, willkommen auf Schwanenwerder", sagte der SSler nach dem obligatorischen Hitlergruß und der Überprüfung ihrer Einladung.

Annas Mund wurde staubtrocken bei der Aussicht, das Haus des

Wissenschaftsministers zu betreten, aber gleichzeitig war sie neugierig darauf, wie er lebte. Sie hatte bereits erlebt, wie die Nazi-Elite große Erfolge feierte, und verblüfft festgestellt, dass, während ganz Berlin schnorrte, knauserte und stahl, um mit den mageren Rationskarten zu überleben, der innere Machtkreis anscheinend an nichts sparen musste.

„Herr Professor, wenn ich um einen Gefallen bitten dürfte?", sagte Anna mit schweißnassen Handflächen, als Peter weiterfuhr.

„Natürlich, Fräulein Klausen. Womit kann ich dienen?"

„Eine Freundin von mir, ihr Name ist Alexandra Wagner, will sich zur Nachrichtenhelferin ausbilden lassen, um den Kriegseinsatz zu unterstützen."

„Das ist ein sehr edles Vorhaben. Wir brauchen engagierte junge Frauen wie Ihre Freundin."

„Alexandra ist verwaist und hat keine nahen Angehörigen mehr, deshalb hat sie mich um eine Charakterreferenz gebeten", druckste Anna herum. „Es ist... sie ist eine harte Arbeiterin und ich bin sicher, dass sie eine ausgezeichnete Hilfe bei den Kriegsanstrengungen sein würde, aber... nun, ich habe mich gefragt, ob Sie eine schreiben könnten? Eine Referenz, meine ich. Also, Ihr Wort hat so viel mehr Gewicht als meines."

„Unser Führer braucht jeden einzelnen, der sein Teil beiträgt. Ich werde Ihre Freundin gerne empfehlen, um den totalen Krieg zu unterstützen. Wie könnte ich in dieser Zeit, in der alle mithelfen müssen, einer tapferen jungen Dame, die sich freiwillig melden will, meine Unterstützung verweigern?"

„Vielen Dank." Ein Gefühl der Erleichterung überkam Anna, und sie sank zurück in den weichen Ledersitz. Zwar gefiel ihr Lottes Plan, Spionin zu werden, ganz und gar nicht, aber ihre sture Schwester würde ganz sicher einen Weg finden. Annas Hoffnung war, dass sie mit der Empfehlung von Professor Scherer einen weniger gefährlichen Einsatz zugeteilt bekäme.

„Wir sind da", verkündete Peter, als er die Auffahrt zu einer riesigen Villa entlangfuhr.

„Alle sind gespannt darauf, meine neueste wissenschaftliche Entdeckung kennenzulernen“, sagte der Professor schmunzelnd, als sie zur Eingangstür gingen, Peter ein paar Schritte hinter ihnen.

Den ganzen Abend über wurde Anna von Hand zu Hand gereicht und so vielen Leuten vorgestellt, dass sie sich beim besten Willen nicht alle Namen merken konnte. Wie immer hielt sich Peter ein paar Schritte hinter Professor Scherer. Anna bezweifelte, dass es im Haus des Ministers eine echte Gefahr für das Leben des Professors gab, aber sie liebte es, Peters Anwesenheit zu spüren. Es gab ihr den dringend nötigen Bezug zur Realität inmitten all der wichtigen Männer in Galauniform mit schönen Frauen am Arm.

Kellner in Livree gingen herum und offerierten Professor Scherer und Anna ein Glas Champagner. Aus dem Augenwinkel bemerkte sie, wie der Kellner vor Peter stehen blieb, unsicher, ob er ihm auch eines anbieten sollte. Aber Peter schüttelte den Kopf.

„Auf Ihre Karriere“, sagte der Professor, als sie anstießen.

Anna lächelte, trank das prickelnde Getränk und blickte sich um. Die Opulenz und der Luxus der Villa waren beeindruckend. „Dieses Haus ist so geschmackvoll.“

„Der Minister hat wirklich einen hervorragenden Geschmack“, sagte jemand. Eine andere Person zeigte auf eines der Bilder an der Wand und sagte: „Dieser Rembrandt ist ein Geschenk aus Holland.“

Das Lächeln auf Annas Gesicht erstarrte. Jeder wusste, wie freiwillig diese *Geschenke* waren. Die Nazis beschlagnahmten alle Wertsachen der Juden, bevor sie ihnen erlaubten zu emigrieren, oder sie deportierten. Aber auch Kirchen, Klöster, Museen und Kunstsammlungen in den besetzten Gebieten waren mit mehr oder weniger sanftem Druck davon überzeugt worden, wertvolle *Leihgaben* an das Reich zu machen.

Im Laufe des Abends drehten sich die Gespräche um das eine Thema, das jeden Menschen in Europa interessierte: den Krieg.

„Wir können nicht zulassen, dass dieser abscheuliche Angriff auf unsere Lebensgrundlage unbeantwortet bleibt“, sagte ein General, dessen Uniform mit unzähligen Orden geschmückt war.

„Darauf kannst du wetten. Hermann hat seine Asse schon in Bereitschaft für einen Gegenschlag“, antwortete ein anderer. „Die Alliierten werden sich bald wünschen, sie hätten niemals auch nur ein einziges Flugzeug nach Berlin geschickt.“

Anna spürte, wie Peter sich näherte, und als sie sich betont beiläufig umsah, um einen Blick auf ihn zu erhaschen, fand sie ihn fixiert auf das Gespräch. *Warum interessieren sich Männer so sehr für die Details, wie man am besten kämpfen und töten kann?* Schließlich blendete sie das Gerede über den Krieg aus und inspizierte stattdessen ihre Umgebung und die anwesenden Personen. Alles sah so normal aus. In dieser Villa schien es, als ob die zerstörte Stadt da draußen gar nicht existierte. Verzweiflung, Hunger und eine verzweifelte Bevölkerung – all das war weit weg von der Opulenz dieser Veranstaltung.

„... sie wurde zur Gruppenleiterin der Impfstoffforschung befördert.“

Peter stieß sie an und flüsterte ihr zu: „Pass auf. Professor Scherer kündigt deine Beförderung an.“

Professor Scherer machte eine lange Pause und schob Anna in die Mitte des Raumes, bevor er mit einem Löffel an sein Glas klopfte. Es wurde still im Raum und alle drehten den Kopf zu ihnen. Anna spürte, wie ihre Wangen heiß wurden.

„Meine Damen und Herren, Herr Minister, diese junge Dame, Anna Klausen, hat in meiner bakteriologischen Forschungsgruppe hervorragende Arbeit geleistet. Nach dem unglücklichen Ableben von drei unserer Mitarbeiter wurde sie zur Gruppenleiterin befördert. Und jetzt...“, er blickte sie aufmunternd an, „mit dem Einverständnis des Reichswissenschaftsministers habe ich Fräulein Klausen zum Studium der Genetik und Medizin an der Charité zugelassen...“

Die Menge applaudierte und Annas Kopf wirbelte. Alles, was sie tun konnte, war sich aufrecht zu halten und zu lächeln. Ihr Traum wurde direkt vor ihren Augen wahr.

„Ich weiß, diese Doppelbelastung von Studium und Arbeit in der

Forschung hat bisher noch niemand versucht, und sie alle wissen, wie viel Aufwand das bedeutet, aber die Wahrheit ist, dass weder ich noch das Reich auf meine beste Forschungsassistentin verzichten können.“ Er sah sich um und fuhr fort: „Ich bin sicher, Fräulein Klausen wird auch diese Herausforderung meistern.“

„Ich danke Ihnen vielmals, Herr Professor Scherer. Ich werde Sie nicht enttäuschen“, war alles, was Anna erwidern konnte.

Ein alter Mann, der ein Monokel vor sein Gesicht hielt, näherte sich ihnen. „Professor Scherer, Sie setzen viel Vertrauen in eine einfache Frau. Wo wird dieses Land enden, wenn Frauen die Männerarbeit übernehmen?“

Anna sah ihn finster an. Bereits seit viereinhalb Jahren leisteten Frauen Männerarbeit, um dieses Land und seine Bürger am Leben zu erhalten. Sie arbeiteten in Mühlen, auf Bauernhöfen, in Krankenhäusern, in Schulen, in Munitionsfabriken, überall. Sie räumten die Trümmer nach den Luftangriffen weg, bauten Häuser wieder auf, befestigten Straßen, reparierten Panzer. Sie taten alles, was zu tun war, denn die Männer waren fortgegangen, um andere Männer zu töten.

„Große Talente wie Fräulein Klausen müssen gefördert werden. In schwierigen Zeiten wie diesen, wo unsere besten Männer an der Front sind, müssen wir geistige Größe pflegen, wo immer sie zu finden ist. Sogar bei einer Frau.“

Der alte Mann neigte den Kopf und ging wieder. Dann eilte eine lange Reihe von Gästen herbei, um Anna die Hand zu schütteln. Selbst wenn sie es nicht taten, um ihr zu gratulieren, dann wollten sie sich zumindest in ihrem Ruhm sonnen und an ihrem aufsteigenden Stern teilhaben. Mit jedem Kompliment wurde Anna ein wenig selbstsicherer, stolz auf ihre bisherigen Leistungen und begierig darauf, ihre steile Traumkarriere fortzusetzen.

Welcher Stress auch immer mit ihrer Position einherging, sie würde damit fertig werden. Sollten alle sehen, was sie bereits in ihrem jungen Leben erreicht hatte!

Opfer kamen in vielen Formen, aber zum Wohle der Allgemeinheit würde Anna tun, was nötig war, um Studium und Forschung zu vereinbaren.

KAPITEL 21

Am Ende des Abends setzte Peter den Professor in seiner Residenz in Oranienburg ab, bevor er Anna nach Hause fuhr. Sie schlüpfte auf den Beifahrersitz, und dann machten sie sich auf die lange Rückfahrt zur Charité.

„Hattest du einen schönen Abend?“, fragte Peter, die Augen fest auf die dunkle Straße geheftet.

„Ja. Aber es war auch surreal.“

„Surreal?“

„Der Luxus, die schönen Kleider, der Schmuck der Frauen, das Essen, der Champagner, während der Rest Berlins hungert.“

Für eine Weile senkte sich Stille über die beiden, bis Peter seine Stimme wieder erhob. „Ich weiß. Es fühlt sich so falsch an – dass ich ein so gutes Leben habe, während meine Familie darbt.“

Anna riss den Kopf herum, denn es war das erste Mal, dass er seine Familie erwähnte. „Ich dachte, du bist auf einem Bauernhof aufgewachsen? Sind die Menschen auf dem Land nicht besser dran als wir hier in der Stadt? Ich weiß, dass meine Tante Lydia das ist. Sie haben viel mehr Nahrung als wir, da sie selbst welche anbauen können.“

„Es ist kompliziert“, seufzte Peter. „Eines Tages, wenn der Krieg vorbei ist, kann ich dir hoffentlich mein Zuhause zeigen.“

„Das wäre schön.“ Annas Herz flatterte und sie wünschte, sie könnte ihm mehr Zärtlichkeit geben. Sie sehnte sich danach, in seinen Armen zu sein, ihn zu küssen, seine Berührungen auf ihrer Haut zu spüren. Aber wann immer sie allein waren und er versuchte, intimer zu werden, erstarrte sie innerlich und konnte die Erinnerungen an Doktor Tretter nicht verdrängen. Peter verdiente ihre eiskalten Reaktionen nicht, vor allem, weil sie verzweifelt für ihn auftauen wollte.

„Was ist los, meine liebste Anna?“, fragte Peter und legte eine Hand auf ihren Oberschenkel. Sehnsucht strömte durch ihre Adern, und die Erkenntnis traf sie wie ein Blitzschlag. Sie hatte ihr Schicksal selbst in der Hand und sie würde nicht zulassen, dass die Schatten der Vergangenheit ihre Liebe zu Peter ruinierten. Nein, sie würde nicht zulassen, dass die Vergangenheit ihre Zukunft kontrollierte. Ab sofort nicht mehr.

„Nichts ist los, aber ich habe überlegt, vielleicht möchtest du über Nacht bei mir bleiben“, sagte Anna. Da... Sie hatte es getan und die Worte gesagt, bevor sie sie zurücknehmen konnte.

„Donnerlüttchen! Das ist unerwartet“, sagte er mit heiserer Stimme und sie konnte hören, wie sein Atem schneller wurde. „Bist du dir da sicher?“

„Ja.“ Ihre Stimme täuschte ein Selbstvertrauen vor, das sie nicht besaß. Tief in ihrer Magengrube bildete sich ein Knoten der Angst, jederzeit bereit, auseinanderzubrechen und ihr System mit Panik zu überfluten. Aber wenn sie jemals frei sein wollte von den Erinnerungen, musste sie das tun.

Er stoppte das Auto am Straßenrand und starrte sie an. „Ich liebe dich so oder so.“

Anna nickte und hielt ihm ihre Lippen für einen Kuss entgegen. Der Knoten in ihrem Bauch war zwar immer noch da, aber in Peters Armen zu liegen, fühlte sich viel zu gut an, zu sicher, um sich von der Angst überwältigen zu lassen. Als er den Kuss beendete, strich sie mit der Hand über seinen kratzigen Bart und sagte: „Ich liebe dich auch, Herr Wolf."

„Ich muss zuerst kurz bei mir zu Hause vorbei", sagte er, als er den Motor wieder startete. „Es wird nicht lange dauern. Soll ich dich nach Hause bringen und später vorbeikommen?"

„Nein, ich kann im Auto auf dich warten." Anna faltete ihre Hände. Wenn sie allein nach Hause ging, würde Sie es sich vielleicht anders überlegen.

Als er den Mercedes parkte und sie mit einer Hand am Türgriff ansah, konnte sie spüren, wie eine innere Anspannung ihn beinahe zerriss. „Bist du sicher, dass du hier warten willst? Es dauert bestimmt nicht lange."

Anna nickte, obwohl sie es ungewöhnlich fand, dass er sie nicht bat mit ihm zu kommen. Wahrscheinlich wollte er ihr nicht zumuten, in ihren Stöckelschuhen die drei Stockwerke hoch- und wieder runterzugehen. Und es machte ihr nichts aus, ein paar Minuten für sich allein zu haben, um ihren Mut für das zu sammeln, was sie geplant hatte.

Die Zeit verrann und nach fünfzehn Minuten im kalten Auto fragte sie sich, warum Peter so lange brauchte. Er musste die Zeit vergessen haben, oder vielleicht hatte er einen Telefonanruf von Professor Scherer mit einem dringenden Auftrag erhalten. Ja, das musste es sein.

Nachdem weitere fünf Minuten vergingen, ohne dass er auftauchte, beschloss sie nachzusehen. Sie ging hoch, klopfte an seine Tür, und als keine Antwort kam, machte sie sich echte Sorgen. Wenn ihm etwas passiert war? Vielleicht lag er ohnmächtig in seiner Wohnung? Sie drückte die Klinke und die Tür sprang auf, aber das Wohnzimmer war leer und die Badezimmertür stand halb offen. Das war mehr als nur ein wenig beunruhigend. Mit einer Gänsehaut auf dem ganzen Körper stand sie auf der Türschwelle.

Sie sollte lieber gehen. Oder Hilfe holen. Aber dann hörte sie ein rhythmisches Klopfen, das aus dem geschlossenen Schlafzimmer kam.

„Peter?“, fragte sie zögernd. „Bist du das?“

Aber es kam keine Antwort. Ihr Herz klopfte bis in ihren Hals, als sie sich langsam der Schlafzimmertür näherte. Das rhythmische Klopfen hörte für einen Moment auf und sie atmete tief durch. Aber dann fing es wieder an.

Anna öffnete die Tür einen Spalt breit und japste dann vor Entsetzen, als sie sah, wie Peter sich über einen Koffer beugte, der etwas enthielt, das einem Radio ähnelte, und sein Zeigefinger fieberhaft einen Schalter betätigte.

Als er ihren Schrei hörte, sprang Peter auf, schlug den Koffer zu, zog seine Mauser und war mit einem Schritt bei der Tür. Er riss die Tür abrupt auf und seine Augen füllten sich mit blankem Entsetzen, als er Anna erkannte. Die Hand mit der gezückten Pistole fiel herunter.

„Was... was machst du hier?“, stammelte er.

„Mir wurde kalt und ich hatte es satt auf dich zu warten. Aber ich sollte fragen, was du da machst!“, schleuderte Anna ihm entgegen.

„Wir müssen reden“, sagte Peter und schloss den Koffer ab, bevor er ihn hinter den Schrank schob.

Sie nickte, ihr Gesicht aschfahl, und ihr ursprünglicher Plan, heute Nacht mit ihm zu schlafen, verflog angesichts dessen, was sie gerade entdeckt hatte. „Das ist es also, was du vor mir verheimlichst. Wer zum Teufel bist du?“

„Anna, lass uns ins Wohnzimmer gehen und reden. Ich kann alles erklären“, flehte er sie an.

Wie eine Marionette an Schnüren kehrte sie in den anderen Raum zurück und setzte sich auf den Rand des Stuhls. „Erkläre!“

„Meine liebste Anna.“ Er versuchte, ihre Hand in seine zu nehmen, aber sie zog sie weg. Die Gedanken wirbelten in ihrem Kopf und mit jeder verstreichenden Sekunde empfand sie seine Täuschung schlimmer und ihr Gefühlsleben verwandelte sich in einen wütenden Riesen. Hätte sie seinen Verrat nicht mit eigenen Augen gesehen, hätte sie es nie geglaubt.

„Ich habe gerade eine Nachricht an London übermittelt und sie vor den geplanten Bombenangriffen gewarnt, die vorhin bei der Veranstaltung besprochen wurden.“ Er seufzte, und seine Augen flehten sie an, ihm zu vertrauen. Aber wie konnte sie einem Mann vertrauen, der sie über seine wahre Identität getäuscht hatte? Der für den Feind arbeitete?

„Warum?“, flüsterte Anna. Sie hatte gewusst, dass er kein glühender Nazi war wie so viele andere, aber das? Ihr Kopf schmerzte von all den neuen Erkenntnissen und deren Konsequenzen.

„Ich bin Pole. Kurz nachdem Hitler einmarschiert ist und unsere Armee besiegt hat, bin ich nach England geflohen. Es war meine Pflicht, den Kampf für die Befreiung meines Landes weiterzuführen.“ Er biss sich auf die Unterlippe.

„Du bist Pole – das erklärt alles“, sagte Anna und erinnerte sich an seine im Schlaf gemurmelten Worte. „Und ein englischer Spion. Ich war so ein Idiot.“ Sie verbarg ihr Gesicht zwischen ihren Händen. Der Mann, dem sie vertraut hatte, der Mann, den sie geliebt hatte – ein Lügner.

„Anna, es tut mir leid, dass du es auf diese Weise herausfinden musstest. Ich wollte es dir sagen, aber ich war mir nicht sicher, ob...“

„Ob du mir vertrauen kannst?“, sie schleuderte ihm die Worte entgegen. „Die eigentliche Frage ist doch, wie ich dir jemals vertrauen konnte? Du verrätst mein Vaterland...“ Schluchzer wogen in ihrer Brust und es brauchte all ihre Selbstbeherrschung, sie herunterzuschlucken.

„Wirst du mich an die Gestapo ausliefern?“, fragte er, und sie vermeinte, ihn vor Angst zittern zu sehen.

„Nein.“ Sie seufzte, denn die verwirrenden Emotionen machten es schwer, einen klaren Gedanken zu fassen. „Es ist nicht so sehr das, was du getan hast – immer noch tust –, was mich wütend macht, sondern dass du mir nicht die Wahrheit gesagt hast.“

„Kannst du mir verzeihen?“, fragte er, seine Augen voller Traurigkeit.

„Ich weiß es nicht." Sie schüttelte den Kopf und stand auf. „Ich gehe jetzt besser nach Hause."

„Ich begleite dich..."

„Nein." Ihre Stimme war schärfer als beabsichtigt, aber sie musste allein sein. Weg von der betörenden Wirkung, die er auf ihren Körper hatte. Sie musste einen klaren Gedanken fassen.

„Bist du sicher?" Peter sah sie prüfend an und seufzte dann, bevor er nickte.

„Schließe das nächste Mal die Tür ab", sagte sie und verließ seine Wohnung, ohne zurückzuschauen.

Der fünfminütige Fußweg zu ihrem Gebäude war nicht annähernd lang genug, um ihre Gedanken zu klären, und sie fiel auf die kleine Couch und starrte an die Decke. Ihr Leben war in der letzten Viertelstunde um ein Vielfaches komplizierter geworden.

Sie sollte nicht überrascht sein. Sie hatte immer gewusst, dass Peter ein dunkles Geheimnis verbarg. Aber sie hatte auch gewusst, dass er ein guter Mann war. Loyal. Er hatte keine andere Wahl, als für sein Land und gegen die Nazis zu kämpfen.

Anna fing an zu heulen. Es schien, als wäre jeder um sie herum in den Kampf gegen die Nazis verwickelt. Die brave, gehorsame Ursula schmuggelte Juden aus dem Land, Lotte wollte eine Spionin für die Alliierten werden, und Peter war ein polnischer Soldat und ein Spion.

Und sie?

Sie machte die Karriere, von der sie immer geträumt hatte, aber ihre Begeisterung über diese epische Leistung hatte sich wie Nebel im Wind aufgelöst. Im großen Ganzen, bei den Dingen, auf die es wirklich ankam, war sie ein kompletter Misserfolg.

Nicht nur widersetzte sie sich nicht dem Regime, das Terror und Zerstörung über die halbe Welt gebracht hatte, sondern sie war zu einem Rädchen in seinem teuflischen Getriebe geworden. Eine Marionette, die ihren Verstand und ihre Talente zu deren Vorteil einsetzte.

Wie konnte ich es nur so weit kommen lassen?

KAPITEL 22

Am nächsten Morgen besuchte Anna ihre Familie. Sie war so sehr mit ihrer neuen Aufgabe und ihrer Karriere beschäftigt gewesen, dass es schon eine Weile her war, seit sie Mutter und Ursula gesehen hatte. Obwohl sie noch einen Schlüssel zur Wohnung besaß, zog sie es vor, zu klingeln.

„Anna. Komm rein. Was für eine nette Überraschung", begrüßte Ursula sie, als sie die Tür öffnete.

Anna umarmte ihre Schwester und bemerkte, wie viel größer Ursulas Bauch geworden war. Es würde nicht mehr lange dauern, bis sie ihn nicht mehr unter ihrem weiten Kleid verstecken konnte.

„Weiß Mutter es schon?" Anna gestikulierte auf Ursulas Bauch.

Ursula schüttelte den Kopf und führte ihre Schwester zum Küchentisch. „Mutter macht Besorgungen. Sie sollte bald zurück sein. Möchtest du etwas Tee?"

„Danke, Tee wäre toll." Mutter hatte Pfefferminze im Schrebergarten gepflanzt, sodass sie immer einen Vorrat an frischen oder getrockneten Blättern für Tee hatten.

Während Anna darauf wartete, dass Ursula das Wasser erhitzte, fragte sie: „Arbeitest du noch mit Pfarrer Bernau zusammen?"

„Ja", seufzte Ursula. „Es ist ermüdend neben meiner Arbeit im

Gefängnis, aber ich kann jetzt nicht aufhören. Es gibt so viele Menschen, die dieses Land verlassen müssen, um in Sicherheit zu sein."

„Hast du keine Angst?"

Ursula sah sie mit großen Augen an, bevor sie kicherte. „Angst? Natürlich! Es gibt keine einzige Minute am Tag, in der ich keine Angst habe. Jedes Mal, wenn ich Schritte hinter mir höre, fürchte ich, es ist die Gestapo, die gekommen ist, um mich zu verhaften."

„Aber wie kannst du so leben? Willst du nicht aufhören? Und dich wieder sicher fühlen?" Anna verstand die Welt nicht mehr. Ihre ältere Schwester war nie besonders mutig gewesen. Sie war immer die brave Tochter gewesen, während Anna die rebellische war, diejenige, die mehr vom Leben wollte, als Hausfrau und Mutter zu sein.

„Ich will mindestens zehnmal am Tag alles hinschmeißen", sagte Ursula, während sie ein paar Pfefferminzblätter in eine Tasse legte und heißes Wasser darüber goss. „Aber dann... diese Leute brauchen mich. Wenn wir sie nicht aus dem Land schaffen, werden sie früher oder später gefunden und deportiert."

Anna seufzte. Warum waren alle anderen so viel mutiger als sie?

„Genug über mich. Was macht deine Arbeit?"

„Ich wurde zur Leiterin der Forschungsgruppe für Impfstoffe befördert."

„Das ist eine gute Sache, oder?"

Anna schüttelte den Kopf und Tränen füllten ihre Augen. „Nicht wirklich. Ursula, du wirst es nie glauben... sie testen meine Impfstoffe an lebenden Menschen."

„Was?"

„Sie benutzen behinderte Kinder."

„Das ist ekelhaft." Ursula stemmte die Hände in ihre Hüften und starrte Anna mit einem durchdringenden Blick an. „Wie kannst du bei so etwas Abscheulichem mitmachen? Du musst aufhören, dort zu arbeiten. Noch heute."

„Es ist kompliziert. Ich bin nicht direkt involviert, und wenn ich die Bakterienkulturen nicht vorbereite, wird es jemand anderes machen. Und manchmal müssen Opfer für das Wohl der Allgemeinheit gebracht werden.“

„Das ist gequirlte Scheiße. Du glaubst diesen Unsinn nicht wirklich, oder?“ Ursulas Blicke stachen wie Dolche in Annas Gewissen, aber dann wurde ihr Blick weicher und sie tätschelte Annas Arm. „Mach keinen Pakt mit dem Teufel, Schwesterherz. Geh, solange du noch kannst.“

Anna lachte bitter. „Falls du dich noch erinnerst, ich habe meinen Körper bereits an den Teufel verkauft.“

„Wie könnte ich das vergessen. Verkaufe nicht auch noch deine Seele. Die Nazis können dir alles nehmen, deinen Besitz, deine Würde, deine körperliche Integrität, aber das Einzige, was sie dir nicht wegnehmen können, ist deine Seele. Deine Fähigkeit, die richtige Wahl zu treffen.“ Nach ihrer eindringlichen Rede sah Ursula ungeheuer müde aus.

„Ich sollte gehen“, murmelte Anna. Sie war nicht hergekommen, um sich belehren zu lassen wie eine Dreijährige. Sie war gekommen, weil sie Mitgefühl und schwesterliche Unterstützung brauchte.

„Bleib.“ Ursula stellte sich ihr in den Weg. „Es ist höchste Zeit, dass du aufhörst, deine Ambitionen über alles und jeden zu stellen. Du magst deinen Traum verwirklichen und die Erfolgsleiter emporklettern, aber wie viel ist das wirklich wert, wenn du dabei über die Leichen von Männern, Frauen und Kindern steigst?“

„Was glaubst du, wer du bist? Dich als moralische Instanz aufzuspielen und meine Entscheidungen zu kritisieren? Du kannst nicht mal Mutter die Wahrheit sagen!“ Anna schrie ihre Schwester an.

„Mir was sagen?“, fragte Mutter, die unbemerkt in die Küche gekommen war. Sie starrte von einer Tochter zur anderen, und es war klar, dass sie nach einer Antwort verlangte.

Ursula starrte Anna böse an und sagte dann, was sie schon vor Monaten hätte gestehen sollen: „Ich bekomme ein Kind.“

Mutters Gesicht wurde aschfahl und sie fiel auf den Stuhl. „Du bist was?“

„Schwanger“, wiederholte Ursula mit zittriger Stimme.

„Wie... wie konntest du etwas so... so... Schändliches tun? Habe ich dich nicht zu einem anständigen Mädel erzogen? Eine, die nicht...“ Mutter schloss die Augen, der Ekel war ihr ins Gesicht geschrieben. „Du kannst froh sein, dass dein Vater nicht zu Hause ist.“

Nichts davon wäre überhaupt erst passiert, wenn er zu Hause wäre, anstatt in den Krieg ziehen zu müssen. Anna biss sich auf die Zunge; es war klüger, sich aus der Schusslinie herauszuhalten.

Mutter schien sich etwas von dem Schock zu erholen, denn ein Teil der verlorenen Farbe kehrte in ihr Gesicht zurück. Sie fuhr sich mit der Hand übers Haar, das bereits die ersten grauen Strähnen zeigte, und fragte mit schon viel ruhigerer Stimme: „Wer ist der Vater?“

Ursula schickte Anna einen flehenden Blick, der um Stillschweigen bat, sah dann ihre Mutter an und sagte: „Das kann ich dir nicht sagen.“

„Warum nicht? Ist es so schrecklich?“ Mutters Augen weiteten sich vor Entsetzen. „Das ist es, nicht wahr? Der Vater ist einer von denen, die du in den Schrebergärten versteckst?“

Ursula kniff die Lippen zusammen und weigerte sich, ihrer Mutter zu antworten. Anna war ausnahmsweise mit Ursulas Vorgehen, die Identität des Vaters geheim zu halten, einverstanden. Die Realität war viel schlimmer, als Mutter es sich je vorstellen könnte. Der Vater war kein Jude, sondern der Feind; einer der verhassten englischen Bomberpiloten, die dem deutschen Volk Nacht für Nacht Tod und Verderben brachten.

„Ich muss gehen“, sagte Anna in die angespannte Stille hinein. „Ich komme ein anderes Mal wieder zu Besuch.“

KAPITEL 23

Anna verließ die Wohnung, wütend auf Ursula, auf Mutter und auf Peter. Aber vor allem war sie wütend auf sich selbst. Ursulas Standpauke hatte einen tiefen Eindruck hinterlassen. Hatte Anna den falschen Baum angebellt? War die Karriere, für die sie so hart gearbeitet hatte, schmählich?

Sie erhöhte ihr Tempo und ging den ganzen langen Weg zur Charité zu Fuß. Schweißgebadet und völlig außer Atem erreichte sie das Gelände. Wurde jemand, der sich nicht aktiv gegen die Gräuel der Nazis wandte, durch sein Stillschweigen automatisch zum Verbrecher? Was war aus der bequemen Position in der stummen Mehrheit geworden, wo die Menschen weder Heilige noch Teufel waren?

Bin ich jetzt per Definition ein Nazi? Mit wem kann ich reden, der mich nicht verurteilt? Ich brauche dringend eine neutrale Stimme der Vernunft.

Sie drehte sich auf dem Absatz um, eilte über das riesige Gelände der Charité und blickte auf die Schäden, die der schreckliche Bombenangriff vor einiger Zeit verursacht hatte.

Peter wird zuhören, ohne voreilige Schlüsse zu ziehen. Anna knirschte mit den Zähnen. Er war die letzte Person, die sie im Moment sehen wollte. Nicht weil er ein englischer Spion war, denn, wenn sie ehrlich war, sehnte sie sich danach, dass Hitler den Krieg verlor und für immer verschwand. Sondern weil sie immer noch wütend darüber war, dass sie sein Geheimnis auf diese Weise herausfinden musste. Ein Teil von ihr verstand, warum Peter geschwiegen hatte, aber das milderte nicht den Schmerz, den sie über seinen Mangel an Vertrauen empfand.

Ihre Füße trieben sie weiter, und für einen flüchtigen Augenblick dachte sie darüber nach, wegzulaufen. Aber wohin? Was sollte sie tun? Die verrückte Idee, sich freiwillig als Krankenschwester an der Front zu melden, kam ihr in den Sinn. Aber allein der Gedanke, ihre Stellung an der Charité aufzugeben, zog ihr das Herz schmerzhaft zusammen. Sie liebte ihre Arbeit, trotz allem.

Ich bin nicht dafür geschaffen, ein Held zu sein. Ich bin ein Versager.

Anna erreichte das Ende des Krankenhausgeländes, und der innere Aufruhr, ausgelöst durch ihre Schuldgefühle, hatte ihr Gehirn so sehr benebelt, dass sie keinen klaren Gedanken mehr fassen konnte. Als sie um die Ecke bog, läutete eine Kirchenglocke zwölfmal und erinnerte sie an ihre Schwester Lotte. Und Ursula. Und Pfarrer Bernau. Als sie Lottes Flucht geplant hatten, hatte sie ihn ein paar Mal getroffen. Er würde sie nicht verurteilen. Er würde ihr helfen, Klarheit zu gewinnen.

Mit neuer Hoffnung kehrte Anna um und ging die fünfundvierzig Minuten, bis sie seine Gemeinde erreichte. Sie fand ihn auf einer der vorderen Kirchenbänke sitzen und nahm leise neben ihm Platz. Er sah sie an und fragte dann: „Was kann ich für dich tun, mein Kind?"

„Herr Pfarrer, ich fühle mich wie ein schrecklicher Versager", begann sie und versuchte, die aufkommenden Tränen zu unterdrücken.

„Sind Sie nicht Ursula Hermanns Schwester? Anna Klausen?" Er blickte sie prüfend mit seinen warmen braunen Augen an.

„Ja, schon..." Sie nickte, und dann brachen die Worte aus ihr heraus und enthüllten alles, was sie bedrückte. „Jeder tut etwas gegen das Regime. Nur ich nicht. Ich bin eine Versagerin."

„Mein Kind, es gibt viele Formen des Widerstands, und nicht jeder ist dafür geschaffen, ein Held zu sein."

„Aber warum können meine beiden Schwestern Helden sein, und ich nicht?"

„Hier liegen Sie falsch", sagte Pfarrer Bernau und lächelte sie an. „Sie haben in Ravensbrück sehr viel Mut bewiesen."

„Aber was soll ich jetzt machen?" Anna konnte ihre Tränen nicht länger zurückhalten.

„Gott liebt alle seine Kinder, und er hat jedem von uns aus gutem Grund unterschiedliche Talente und Fähigkeiten gegeben." Er überreichte ihr ein blütenweißes Taschentuch. „Wir alle haben einen moralischen Kompass, der uns bei unseren Entscheidungen in diesem Leben leitet. Dieser Kompass entwickelt sich bereits in der Kindheit und wurzelt in unserem Glaubenssystem. Er ist Teil unserer Persönlichkeit, und wenn wir davon abweichen, leiden wir. Um mit sich selbst in Frieden leben zu können, muss man sich trotz aller widrigen äußeren Umstände selbst treu bleiben. Jeder von uns muss tief in sein Inneres hineinschauen und herausfinden, was er wirklich will."

„Ich dachte immer, ich wüsste, was ich will, aber inzwischen bin ich mir nicht mehr so sicher", presste Anna zwischen Schniefern hervor.

„Das ist eine Frage, die nur Sie selbst beantworten können." Er musste die Verzweiflung in ihren Augen gesehen haben, denn er faltete seine Hände im Schoß und fügte hinzu: „Ich habe nur einen Ratschlag für Sie – hören Sie auf Ihr Herz. Tun Sie, was Ihr Herz für moralisch richtig befindet, egal ob es gerade opportun oder komfortabel ist. Ein Mensch, der sich mit einem ruhigen Gewissen schlafen legen kann, ist, selbst hinter Gittern, glücklicher als derjenige, der Angst hat, die Augen zu schließen, weil er dann von Alpträumen verfolgt wird, die durch sein eigenes Handeln verursacht wurden."

Die Worte des Priesters ließen eine friedvolle Ruhe in Annas

Herzen einziehen. „Danke, Herr Pfarrer, Sie haben mich zum Nachdenken gebracht."

„Gehe in Frieden. Sie werden das Richtige tun, da bin ich mir sicher." Er lächelte freundlich und segnete sie, indem er mit seinem Finger ein Kreuz auf ihre Stirn malte.

Anna verbrachte den Rest des Tages mit Nachdenken – und damit, Peter aus dem Weg zu gehen. Ihre verwirrenden Emotionen ihm gegenüber würden nur zusätzlichen Stress bedeuten und sie daran hindern, einen klaren Gedanken zu fassen.

Als Professor Scherer am Montagmorgen bei ihr im Labor vorbeikam, wusste sie genau, was sie tun musste. Sie hatte den größten Teil des Wochenendes damit verbracht, ihre Worte einzustudieren, und hoffte nur, dass sie alles herausbekommen würde, bevor sie den Mut verlor.

„Guten Morgen, Herr Professor", begrüßte sie ihn.

„Guten Morgen, Fräulein Klausen. Sie haben einen sehr positiven Eindruck auf den Minister gemacht."

„Vielen Dank." Sie zögerte einen Moment lang, unsicher, wie sie mit dem enormen Gewicht umgehen sollte, das auf ihrer Seele lastete.

„Ich sehe, sie haben bereits geplant, in welche Richtung die nächste Reihe von Experimenten gehen soll", sagte er zu ihr, während er die hingekritzelten Notizen auf ihrem Block überflog.

„Genau darüber wollte ich mit Ihnen sprechen, Herr Professor... ich fühle mich nicht wohl dabei, Experimente an lebenden Menschen durchzuführen. Das sollten wir erst tun, wenn wir in den Laborstudien einen brauchbaren Impfstoff eingegrenzt haben."

„Fräulein Klausen", der Professor machte eine Pause, als ob er nach Worten suchen müsste. Er kratzte sich am Kopf und sah sie dann mitleidig an. „Das ist unerwartet."

„Ich weiß, es ist nicht das, was Sie hören wollen, aber so empfinde ich“, sagte Anna und suchte tief in ihrem Inneren nach dem Selbstvertrauen, um auf ihrer Meinung zu bestehen.

„Sie sind zu sensibel.“ Er sah sie mit traurigen Augen an, und in diesem Augenblick wollte sie ihm den herablassenden Ausdruck aus dem Gesicht prügeln. „Ich fürchte, Professor Knaus hatte recht und ich setze zu viel Vertrauen in eine Frau. Ich dachte, Sie wären aus anderem Holz geschnitzt. Ich glaubte wirklich, Sie hätten den Antrieb und den Ehrgeiz, eine erfolgreiche Wissenschaftlerin zu werden.“

„Das habe ich. Ich arbeite härter als jeder andere, um erfolgreich zu sein, aber Menschen leiden zu lassen, nur damit ich Erfolg habe? Das gefällt mir ganz und gar nicht.“

Professor Scherer schüttelte den Kopf. „Keine Menschen. Sozialer Abschaum, Gefangene oder Behinderte.“

„Auch sie fühlen Schmerz und Angst“, argumentierte Anna und wusste doch, dass sie die Schlacht bereits verloren hatte.

„Manche Dinge müssen getan werden, ob sie uns gefallen oder nicht. Unsere Arbeit bietet die Möglichkeit, Hunderttausende von aufrechten Mitgliedern der Gesellschaft zu retten. Gerade jetzt, wo die Ostfront zusammenbricht und die Wehrmacht sich zurückzieht, ist unsere Forschung mehr denn je gefragt. Denken Sie an all die tapferen Soldaten, die unsere Grenzen gegen die barbarische Rote Armee verteidigen. Glauben Sie nicht, dass das Leiden von ein paar Schwachköpfen es wert ist, wenn wir dafür tausenden wertvollen Menschen ermöglichen können, in die Heimat zurückzukehren, um ihre Frauen zu umarmen und ihre Kinder zu küssen?“

Ein Schauer lief Anna über den Rücken. Rechtfertigte das Allgemeinwohl wirklich, Dinge zu tun, die ihren Werten zuwiderliefen? Und wer durfte darüber entscheiden, welche Opfer gebracht werden mussten? Wer entschied, was gut und was böse war? Sie erinnerte sich an Pfarrer Bernaus Worte, dass jeder Mensch selbst entscheiden müsse. Anna war so lange in Gedanken versunken, dass Professor

Scherer ihr Schweigen als Zeichen dafür nahm, dass sie nicht nachgeben würde.

„Fräulein Klausen, Sie wissen, dass Sie Ihre Anstellung verlieren, wenn Sie sich weigern, diese Experimente durchzuführen? Ich habe viele Fäden gezogen, um Ihre Karriere voranzubringen, und musste gegen den Widerstand konservativer Kollegen kämpfen, die dachten, eine Frau hätte keinen Platz in der Wissenschaft." Er sah sie eindringlich an, bevor er sein letztes Ass aus dem Ärmel zog und sagte: „Ich weiß, dass Sie Vorbehalte haben, mit diesen Experimenten fortzufahren, aber es ist Zeit, Ihre persönlichen Gefühle beiseitezuschieben und im besten Interesse unseres Vaterlandes zu handeln. Und vergessen Sie nicht Ihre Freundin, Fräulein Wagner, die Wehrmachtshelferin werden will und für die ich eine Empfehlung schreiben soll." Die Drohung hing unausgesprochen in der Luft.

Die eisige Hand der Verzweiflung packte Annas Herz und drohte, es zu zerquetschen. Gestern hatte alles so einfach ausgesehen. Aber heute? Waren ein paar geistig Behinderte es wert, ihre Karriere zu ruinieren, und Lottes dazu? Würde sie nicht mehr Schaden anrichten als Nutzen, wenn sie ihre Schwester daran hinderte, *die Kriegsanstrengungen zu unterstützen* und womöglich den Krieg zu verkürzen, was Millionen von Leben auf beiden Seiten retten würde? Alles in ihrem Kopf drehte sich, bis er schmerzte.

Die Experimente würden mit ihr oder ohne sie durchgeführt werden. Professor Scherer würde einfach eine andere Person finden, die ihren Platz einnahm.

Anna holte tief Luft und schluckte dann mehrmals. „Verzeihen Sie, Herr Professor. Natürlich werde ich Ihre Wünsche nicht ablehnen."

Er entspannte sich, lächelte zufrieden und sagte: „Natürlich, meine Liebe. Lassen Sie uns diese Meinungsverschiedenheit vergessen und weitermachen."

Anna nickte mit einem sehr unguten Gefühl im Magen. „Ja. Ich werde heute noch weitere Experimente entwerfen."

„Großartig. Ich komme morgen vorbei, um mir Ihre Ideen anzuhören."

Anna sah ihm nach, wie er das Labor verließ, und plumpste dann in ihren Stuhl, wobei Selbsthass ihr Innerstes zerfleischte.

KAPITEL 24

Nach einem anstrengenden Arbeitstag kehrte Anna nach Hause zurück, und ihr ganzes Sein wollte unter der Last von Schuld und Scham zerbersten. Es war so falsch, und doch hatte Professor Scherer sie davon überzeugt, diesen schlüpfrigen Weg weiterzugehen.

Körperlich, seelisch und geistig erschöpft, wollte sie nur noch schlafen. Und vergessen. Aber als sie zu ihrer Wohnung hochging, erblickte sie einen großen Mann auf der Treppe sitzen, der aufsprang, sobald sie sich näherte.

„Anna... bitte... Können wir reden?“, flehte Peter sie an. „Bitte?“

Sie kniff die Augen zusammen und nickte dann. Sie war zu müde, um ihm die Bitte abzuschlagen. Dann ging sie in einem weiten Bogen um ihn herum, denn sie wusste, dass sie, sobald er sie berührte, in seine Arme sinken würde.

„Komm rein“, sagte sie, als sie ihre Wohnungstür aufschloss und ihre Handtasche an die Garderobe hängte. Sie biss sich auf die Unterlippe und drehte sich um, um ihn anzusehen. „Worüber willst du reden?“

„Anna, können wir uns bitte setzen?“ Peter streckte seine Hand aus und deutete auf die Couch. „Es tut mir so leid, dass du es auf diese Weise erfahren musstest. Würdest du mich das erklären lassen?“

Sie nickte, sah ihn aber nicht an. Peter seufzte, als hätte er das erwartet, und begann dann zu reden.

„Ich bin in Polen geboren.“

„Das hast du schon gesagt“, kommentierte sie leise.

„Meine beiden Eltern waren Heiler, sehr zum Entsetzen meiner Großeltern, die gehofft hatten, dass mein Vater eines Tages den Hof übernehmen würde. Meine Geschwister und ich sind zweisprachig aufgewachsen und haben sowohl Polnisch als auch Deutsch gelernt. Damals war es für Kinder polnischer Intellektueller normal, mehrere Sprachen zu lernen. Ich spreche auch ganz passables Englisch und Russisch. Aber ich schweife ab. Als Hitler einmarschierte, war ich Offizier in der polnischen Armee. Nach der verheerenden Niederlage floh meine Einheit über Rumänien und den Iran nach Großbritannien.“

„Das hast du getan?“ Anna konnte nicht anders, als ihn anzusehen. Die Flucht über Tausende von Kilometern quer durch Europa schien ein unmögliches Unterfangen zu sein.

„Darauf bin ich nicht besonders stolz“, sagte er nervös und drehte die Hände. „Aber damals schien es das Beste zu sein, was ich tun konnte. Meine Einheit wäre unserem Land in einem Kriegsgefangenenlager nicht sehr nützlich gewesen... oder als Zwangsarbeiter im Deutschen Reich.“ Er lachte bitter. „Viele meiner Männer starben unterwegs, aber die Mehrheit erreichte Großbritannien. Einige traten der britischen Armee bei, so wie ich, andere beschlossen, sich zurückschicken zu lassen, und schlossen sich dem polnischen Widerstand an, der *Armia Krajowa,* auf deutsch Heimatarmee.“

„Und du? Wie bist du in Berlin gelandet?“, fragte Anna, obwohl sie die Absicht gehabt hatte, kein Wort zu sagen.

„Ich?“ Ein sanftes Lächeln huschte über seine Lippen und er nahm ihre Hand. „Zunächst trat ich in die britische Armee ein und bat darum, an die Front geschickt zu werden. Ich war Teil des britischen Expeditionskorps in Frankreich – du weißt, wie gut das geklappt hat.“ Er strich mit einer Hand über seinen Bart, bevor er weitersprach: „Wir alle wurden aus Dünkirchen evakuiert.“

„Oh“, war alles, was Anna sagen konnte. Sie hatte nie verstanden, warum Hitler den Engländern erlaubt hatte, über dreihunderttausend Soldaten zu evakuieren. Gerüchten zufolge hatte er damit seinen guten Willen zeigen wollen, in der Hoffnung, die Engländer davon zu überzeugen, sich mit ihm zusammenzuschließen. Aber diese Zeiten waren längst vorbei.

„Es war schrecklich. Als ich nach England zurückkehrte, rekrutierte mich die SOE, um für sie zu arbeiten, und arrangierte, dass ich nach Deutschland kam.“

Ohne es zu merken, war Anna näher an Peter herangerutscht und hing gebannt an seinen Lippen, um ja kein Wort zu verpassen. „Sie haben dich hierhergeschickt, um für Professor Scherer zu arbeiten?“

Er streckte einen Arm aus und zog sie an seine Seite. „Jemand von innen machte einen Vorschlag, und da diese Person das Vertrauen der Machthaber gewonnen hatte, wurde ihr Vorschlag ohne Fragen angenommen. Es war die perfekte Position. Der Professor ist sozial aktiv und, wie du bemerkt hast, schätzen die Männer, die die Fäden in diesem Krieg ziehen, seine Meinung so sehr, dass sie in seiner Gegenwart offen über heikle Dinge diskutieren. Als sein Wachmann und Fahrer errege ich keinen Verdacht und kann diese Gespräche belauschen.“

„Weiß der Professor davon?“

„Nein. Er mag kein überzeugter Nazi sein, aber er würde sich nie gegen die Machthaber stellen. Er weiß, dass das das Ende seiner Karriere sein würde, und dafür schätzt er seine Privilegien zu sehr.“

Die Aussage traf Anna wie ein Schlag in die Magengrube. *Das Gleiche gilt für mich.*

Peter nahm ihr Gesicht in seine Hände und drückte einen sanften Kuss auf ihre Lippen. „Kannst du mir verzeihen, dass ich dir nicht die Wahrheit anvertraut habe?“

„Vielleicht“, antwortete sie. Er musste nicht wissen, dass sie ihm bereits vergeben hatte. Vertrauen war ein heikles Thema, und an seiner Stelle hätte sie das Gleiche getan.

„Meine süße Anna, bitte glaub mir, ich wollte es dir so oft sagen, aber du schienst so begeistert vom Glanz und Glamour der Nazis zu sein, ich war mir nicht sicher, wo deine Loyalität liegt."

Anna stieß scharf die Luft aus und sagte: „Das liegt daran, dass wir nicht viel übereinander wissen."

„Das würde ich gerne ändern. Kannst du mir verzeihen und mir eine zweite Chance geben?" Peter drückte ihr einen weiteren Kuss auf die Wange, und Annas Verstand war plötzlich wie ausgeblendet. Sie klammerte sich wie eine Ertrinkende an seine Schultern und sog seine beruhigende Gegenwart in sich auf.

„Wenn du versprichst, keine Geheimnisse mehr vor mir zu haben", antwortete sie.

„Versprochen." Er grinste und küsste sie leidenschaftlich. Anna fühlte sich, als würde sie auf einer rosaroten Wolke schweben, und bemerkte kaum, wie er sie in seine Arme nahm und ins Schlafzimmer trug. Sie lehnte ihren Kopf an seine breite Brust, als er sie vorsichtig auf dem Bett absetzte.

„Warte!" Sie setzte sich senkrecht auf und studierte sein Gesicht, als ob sie ihn zum ersten Mal sähe.

„Was ist los, meine Süße?"

„Ich kenne nicht mal deinen richtigen Namen! Wie kann ich das tun, wenn ich nicht einmal weiß, wer du bist?", flüsterte Anna.

„Ich bin der Mann, der dich liebt. Nicht mehr und nicht weniger." Peter schmunzelte. „Mein richtiger Name ist Piotr Zdanek. Ich bin Soldat der polnischen und britischen Armee, und arbeite derzeit als Spion für diese beiden Länder."

Anna legte ihre Arme um seinen Hals und presste ihn so hart an sich, dass er das Gleichgewicht verlor und auf sie stürzte. Als er ihren Hals und ihr Schlüsselbein mit Küssen überzog, stöhnte sie vor Verlangen. Aber in dem Moment, als er seine Hände unter ihre Bluse schob, sog sie einen hastigen Atemzug ein und ballte ihre Hände zu Fäusten, weil die alten Ängste wieder auftauchen wollten.

„Hast du Angst vor mir?“ Peter, der ihre plötzliche Anspannung spürte, hörte auf, mit seiner Zunge über ihren Kiefer zu lecken, und schaute ihr fragend in die Augen.

„Nicht vor dir, aber ich habe Angst“, flüsterte sie. Sie wusste, dass sie ihm ihr dunkles Geheimnis verraten sollte, aber so tapfer war sie nicht.

„Soll ich aufhören? Wir können warten“, sagte Peter.

„Nein. Ich habe so lange gewartet. Ich will endlich keine Angst mehr haben. Bitte hilf mir dabei.“

Peter küsste sie wieder und öffnete dabei langsam ihre Bluse. „Bist du dir sicher?“

Anna nickte und suchte nach der Liebe in seinen Augen. „Das bin ich. Zeige mir, dass es so wunderbar ist, mit dir zusammen zu sein, wie ich es mir vorgestellt habe.“

KAPITEL 25

Anna und Peter verließen das Schlafzimmer, um in der Küche nach etwas Essbarem zu suchen. Während Anna Essen machte, deckte Peter den Tisch und fragte nach ihrem Arbeitstag.

„Anstrengend“, antwortete sie und wollte nicht näher auf das Thema eingehen.

„Professor Scherer schien heute sehr besorgt um dich. Was ist passiert?“ Natürlich hatte Peter bemerkt, dass sie versuchte, dem Thema auszuweichen.

„Weißt du noch, was ich dir über die medizinischen Experimente erzählt habe?“, sagte Anna, ohne ihn dabei anzusehen.

„Natürlich.“

Anna rührte die Suppe so schwungvoll, dass sie beinahe überschwappte, bevor sie weitersprach: „Er hat mir die Verantwortung dafür übertragen. Ich soll die neuen Bakterienkulturen entwickeln, die nicht nur an behinderten Kindern, sondern auch an Gefangenen in nahegelegenen Lagern getestet werden.“ Sie hörte auf zu rühren und drehte sich um, ihre Wut so übermächtig, dass sie Peter mit ihren Blicken erdolchte, als wäre er der Übeltäter. „Es ist ihm egal, wie sehr diese Menschen leiden oder wie viele dabei sterben!“

„Aber dir nicht.“

„Natürlich nicht. Die Kinder sind vielleicht nicht ganz richtig im Kopf, aber sie sind immer noch menschliche Wesen und fühlen Schmerz. Wie kann ich das Werkzeug ihrer Folter und ihres Todes sein?“

„Hast du deine Bedenken mit Professor Scherer besprochen?“ Peter ging zu ihr.

Anna nickte erst und zuckte dann mit den Achseln. „Mehr oder weniger. Ich sagte ihm, dass ich die Impfstoffe nicht an Menschen testen will, solange wir keine Indizien dafür haben, dass sie funktionieren. Seine Antwort war, dass nur eine Frau so gefühlsduselig sein kann. Und dann drohte er, dass ich meine Anstellung verliere und er die Empfehlung für meine Schwes... Freundin nicht schreibt, wenn ich mich nicht füge.

„Und, was hast du getan?“ Peter legte seine Arme um sie.

„Ich habe mich gefügt. Was sollte ich sonst tun? Aber ich weiß nicht, ob ich das durchziehen kann“, sagte sie, lehnte sich an ihn und nahm kurze Zeit später den Topf vom Herd. „Die Suppe ist fertig.“

„Anna, eine Sache, die ich in diesem Krieg gelernt habe, ist, dass es immer einen Ausweg gibt. Es ist nie nur entweder oder. Es mag nicht auf den ersten Blick sichtbar sein, aber es ist da. Du musst nur danach suchen.“

„Glaubst du das wirklich?“, fragte Anna, begierig auf einen Hoffnungsschimmer, der in die Dunkelheit ihres Lebens hineinschien.

„Ich glaube es nicht nur, ich weiß es. Du musst nur nach dem Ausweg suchen. Er ist da. Und jetzt lass uns essen. Ich bin am Verhungern.“

„Wer ist das nicht?“, antwortete sie und gab ihm den größeren Teil der Suppe in seinen Teller.

„Ich liebe dich, meine Süße. Keine Geheimnisse mehr“, sagte er und machte sich daran, das Essen runterzuschlingen. Anna errötete und konzentrierte sich auf ihren Löffel. Aber Vertrauen ging in beide Richtungen, oder?

„Es gibt noch etwas anderes, das ich dir sagen muss“, sagte sie und legte ihren Löffel mit einem klirrenden Geräusch auf den Tisch.

„Noch mehr schlechte Nachrichten?“ Seine Stirn legte sich in eine steile Sorgenfalte.

„Nein, nur noch mehr Geheimnisse.“ Anna nahm allen Mut zusammen und erzählte ihm von ihrer *toten* Schwester Lotte, die in Wirklichkeit gesund und munter war und nun unter dem Namen Alexandra lebte und die eine Empfehlung von Professor Scherer für ihre Ausbildung zur Nachrichtenhelferin brauchte, um dann als Spionin für die Alliierten zu arbeiten.

Peter schmunzelte. „Sieht ganz so aus, als ob deine Schwester und ich bald Kollegen sein werden. Ich würde sie gerne eines Tages kennenlernen.“

Als sie fertig gegessen hatten, bat Anna ihn über Nacht zu bleiben, und bald schlief sie in der Geborgenheit seiner Umarmung ein.

Am nächsten Morgen küsste sie Peter zum Abschied und lief dann ins Labor. Anna spürte, dass etwas nicht stimmte, aber konnte nicht sagen, was es war. Erst als sie das Hörsaalgebäude betrat, sah sie, wie Arbeiter die Büroräume systematisch demontierten. Metalltische, Stühle und sogar Schreibmaschinen wurden mitgenommen und in Lastwagen verladen.

Sie eilte ins Labor, wo sie einen Kollegen vorfand, der in der Tür stand und mit einem langen Gesicht dem sonderbaren Treiben zusah, und fragte ihn: „Was ist hier los?“

„Heute Morgen kam der Befehl, dass alle metallischen Gegenstände für die Kriegsanstrengungen hergegeben werden müssen. Wir haben nicht genug Rohmaterial, um weiterhin Panzer und Waffen herzustellen.“

„Sie nehmen alles Metall mit, sogar aus Krankenhäusern?“, fragte Anna ungläubig.

„Nein, Krankenhäuser sind von dem Befehl ausgenommen. Aber dieses Gebäude dient nicht klinischen Zwecken, deshalb müssen auch wir uns an die Order halten.“ Der Kollege ging, um zu versuchen, zumindest die metallischen Geräte zu retten, die sie für ihre Forschungsarbeit benötigten.

Anna sah ihm nach und dachte sich, dass nun jeder von ihnen

Materialien finden müsste, um das fehlende Metall zu ersetzen. *Ersatz! Es gibt immer einen Ausweg. Danke, Peter.*

Sie schrie vor Freude auf und hüpfte davon, um ihren Plan in Bewegung zu setzen. Nachdem sie aus dem Lager mehrere Beutel mit Kochsalzlösung geholt hatte, bereitete sie sorgfältig die Spritzen für die heutigen Experimente vor.

Als Professor Scherer vorbeikam, um ihre Fortschritte zu besprechen, zeigte sie ihm stolz ihre Notizen und Pläne, wie die Laborversuche durch Tests an Menschen ergänzt werden konnten, und überreichte ihm die aufgezogenen Spritzen mit einem zufriedenen Lächeln. Sie hatte keine Ahnung, wie lange es dauern würde, bis jemand herausfand, dass sie den Testpatienten reine Salzwasserlösung verabreichte, aber es würde ihr hoffentlich genügend Zeit kaufen, um in der Zwischenzeit einen wirksamen Impfstoff zu finden.

KAPITEL 26

Professor Scherer wurde das Kriegsverdienstkreuz, die höchste Auszeichnung für einen Zivilisten, für seine herausragenden Verdienste verliehen. Um die Mithilfe seiner Forschungsmitarbeiter zu würdigen, lud er die gesamte Belegschaft zu einer kleinen Feier in den Hörsaal ein.

Anna schlich sich nach allen anderen in den Raum, weil sie zuerst ihre Berechnungen hatte beenden wollen. Professor Scherer hatte seine Dankesrede fast beendet „... wird zum Ende des Monats die Professur für Innere Medizin übernehmen. Bitte begrüßen Sie ihn in unserer Mannschaft."

Die Stelle war für einige Monate vakant gewesen und soweit Anna wusste, hatte es eine Reihe von Bewerbern gegeben. Sie wand sich durch die Menge, um Professor Scherer zu gratulieren und den neuen Professor zu begrüßen. Aber sobald sie den Mann neben Professor Scherer erkannte, erstarrte sie zur Salzsäule und fühlte, wie das Blut aus ihrem Gesicht wich.

Professor Scherer bemerkte sie, bevor sie wieder in der Menge verschwinden konnte, und trat einen Schritt auf sie zu. „Doktor Tretter, erinnern Sie sich an Fräulein Klausen? Sie ist inzwischen die

Leiterin der Impfstoffforschung, und ich darf sagen, sie ist eine der besten Studenten, die ich je hatte."

„Schwester Anna. Es ist ein Vergnügen, dich wiederzusehen." Doktor Tretter schüttelte ihre Hand mit einem Lächeln, das ihr den Magen umdrehte.

Annas Knie wurden weich wie Gelee und die Galle stieg in ihrer Kehle auf, als sie auf seine Hand starrte, die ihre umschlungen hielt. Die Vorstellung, ein Messer tief in seine Hand zu stechen, brachte etwas Erleichterung, und sie konnte wieder normal atmen. Sie zog ihre Hand zurück und wandte sich dem Professor zu. „Herzlichen Glückwunsch zur Verleihung des Kriegsverdienstkreuzes."

„Danke, Fräulein Klausen, aber ich hätte diesen Erfolg nicht ohne meine Mitarbeiter erreichen können."

Sie lächelte und trat zur Seite, um für weitere Gratulanten Platz zu machen. Aber Doktor Tretter ließ sie nicht so einfach davonkommen. Er folgte ihr, packte sie am Arm und starrte sie lüstern an. „Es ist schon eine ganze Weile her. Ich habe den Spaß vermisst, den wir zusammen hatten, und ich freue mich darauf, die verlorene Zeit nachzuholen."

Anna lief es eiskalt den Rücken herunter und Angst bewegte sich wie Melasse durch ihre Venen, als die Erinnerungen an vergangene Qualen sie überfielen. Sie schüttelte den Kopf und wich zurück, ihre Augen weit vor Schreck und ihr Herz heftig pochend.

Als sie gegen die Wand stieß, streckte sie eine Hand aus, um ihn abzuwehren. „Bl... bleiben Sie... weg von... mir."

„O, ich glaube nicht, dass das passieren wird. Du etwa? Du hast doch nicht etwa vergessen, dass es nur ein Wort von mir braucht, um dich hinrichten zu lassen?"

Anna konnte sich nicht bewegen. Panik hielt sie mit einem eisernen Griff fest und lähmte ihren Körper. Als sie nicht antwortete, fuhr er fort: „Vielleicht solltest du mit mir einen Rundgang durch das Gebäude machen. Ich bin sicher, wir können uns für ein paar Minuten in einen ungenutzten Raum zurückziehen."

Sie blinzelte und hoffte, dass er verschwinden würde. Aber das war nicht einer ihrer schrecklichen Albträume; es war der Teufel in Fleisch und Blut. Anna wusste ohne einen Schatten des Zweifels, wenn sie heute seinen Forderungen nachgab, würde er sie für immer kontrollieren. Sie würde es nicht überleben, wenn er noch mal über sie herfiel. Nein, sie konnte nicht zulassen, dass das passierte.

„Anna, hier bist du“, sagte Peter, der aus dem Nichts aufgetaucht war und die Situation mit einem einzigen Blick erfasste. „Ich muss dringend etwas mit dir besprechen.“ Dann sandte er einen finsteren Blick zu Doktor Tretter, der keine Anstalten machte, Anna gehen zu lassen. „Bitte entschuldigen Sie uns.“

Anna ignorierte Doktor Tretters drohenden Blick und duckte sich unter seinem Arm hindurch zu Peter, der sie in den Flur führte.

„Worum ging es da? Geht es dir gut?“, fragte er zähneknirschend.

„Jetzt ja, dank dir.“ Anna sah ihn erleichtert an. Doch das war weder der Ort noch die Zeit, um ihr Geheimnis zu enthüllen, also sagte sie: „Bringst du mich zurück zu meinem Labor?“

„Du bleibst nicht für die Feier?“

Anna schüttelte den Kopf. „Ich habe Professor Scherer bereits gratuliert und ich habe mehrere Experimente laufen, die meine Aufmerksamkeit erfordern.“

„Ich bringe dich rüber.“ Er nahm ihre Hand und sie gingen schweigend nebeneinander, die düstere Bedrohung durch Doktor Tretter zwischen ihnen schwebend. Anna wusste, dass sie Peter die Wahrheit sagen musste, aber im Moment war sie zu aufgewühlt, um ein Gespräch zu führen.

Sie lehnte sich an Peter und küsste ihn. „Du solltest zur Feier zurückkehren, oder Professor Scherer wird sich fragen, wo du steckst.“

„Ich bleibe lieber bei dir.“

„Peter, wir haben beide unsere Arbeit zu erledigen und ich kann auf mich selbst aufpassen“, sagte sie, obwohl sie sich dessen keinesfalls sicher war. Nicht, wenn der Teufel wieder auftauchte.

„Ich bringe ihn um, wenn er dich jemals wieder anfasst“, knurrte Peter, und in seinen Augen las sie, dass das keine leere Drohung war.

„Wird er nicht." Anna täuschte ein Selbstvertrauen vor, das sie nicht besaß, und ging mit einem mulmigen Gefühl in das leere Labor hinein. Aber sie konnte auf keinen Fall zulassen, dass Peter in diese Sache verwickelt wurde. Seine Lage war ohnehin gefährlich genug; er brauchte nicht das zusätzliche Risiko, mit jemandem aneinanderzugeraten, der so perfide war wie Doktor Tretter.

Eine halbe Stunde später wurden ihre schlimmsten Alpträume lebendig und der Teufel schlenderte ins Labor. Da er die Tür nicht hinter sich schloss, nahm Anna an, dass er sie nur einschüchtern wollte. Aber das machte ihn nicht weniger angsteinflößend.

„Was wollen Sie?", fragte sie mit aller Kraft, die sie aufbringen konnte, dankbar für den Labortisch voller Glas und potenziell gefährlicher Flüssigkeiten, der zwischen ihnen stand.

Er grinste hämisch und senkte seine Stimme zu einem bedrohlichen Knurren: „Ich wollte sichergehen, dass du weißt, dass ich dir nicht erlaube, mit einem anderen Mann rumzumachen. Wenn du glaubst, du könntest diesem lausigen Abschaum geben, was mir gehört, verspreche ich dir, dass ihr beide euren Verrat bitter bereuen werdet." Dann drehte er sich auf dem Absatz um und ging.

Anna klammerte sich am Tischrand fest, da sie befürchtete ihre Knie würden unter ihr nachgeben. Vor Doktor Tretters Drohung hatte sie nur Angst gehabt, aber jetzt hatte eine grauenvolle Panik von ihr Besitz ergriffen. Sie schaffte es kaum, die Testreihe zu beenden, weil die Furcht sich jede Sekunde mehr in ihrem Körper ausbreitete und schließlich jede Zelle und jeden Gedanken beherrschte.

Unfähig, allein zu sein, ging sie direkt zu Peters Wohnung. Er begrüßte sie mit einem erfreuten Lachen, aber nach einem Blick auf ihr Gesicht zog er sie in seine Arme und trug sie zur Couch, wo er sie festhielt, bis sie aufhörte zu zittern.

Erst dann sprach er. „Liebling, es bricht mir das Herz, dich so verängstigt zu sehen. Bitte lass mich dir helfen. Sag mir, was los ist."

Sie nickte und verbarg ihr Gesicht an seiner Brust, atmete seinen einzigartigen Duft ein und sammelte den Mut, ihm die Wahrheit zu sagen. „Dieser Mann... er war der Chefarzt in Ravensbrück. Er ist ein schrecklicher Mensch – nein, Mensch ist zu freundlich für ihn. Er ist ein Monster. Die Dinge, die er getan hat..."

„Pst. Er kann dir hier nicht wehtun." Peter streichelte mit seiner Hand über ihr Haar, wie es ihre Mutter getan hatte, als sie noch ein kleines Kind gewesen war.

„Doch, das kann er. Er hat gedroht, mich hinrichten zu lassen, wenn ich nicht tue, was er will." Anna brach in Schluchzen aus und benetzte sein Hemd mit ihren Tränen.

„Jetzt mal langsam. Erzähl mir die ganze Geschichte von Anfang an. Warum glaubt dieser Mann, dass er dich hinrichten lassen kann? Was glaubt er, was du getan hast?"

„Er weiß, dass ich es getan habe. Er war dabei." Sie atmete tief durch und erzählte ihm dann die Details, wie Ursula und sie ihre Schwester Lotte gerettet hatten.

„Schlaues Mädchen", murmelte Peter zustimmend und dann stellte er die Frage, vor der Anna sich so sehr fürchtete: „Was wollte er?"

Ihr ganzer Körper versteifte sich und begann zu zittern, als die schrecklichen Erinnerungen zurückkamen, und sie brachte kein einziges Wort heraus. Peter murmelte ein paar polnische Flüche, die sie nicht verstand, und rieb seine Hände mit einer beruhigenden Geste ihren Rücken auf und ab. „Du musst nicht antworten. Ich habe verstanden. Er ist derjenige, der dich missbraucht hat?"

„Woher wusstest du das?", flüsterte Anna, zu ängstlich, um ihm in die Augen zu sehen.

„Ich bin nicht dumm, Anna. Es war offensichtlich, dass du missbraucht wurdest, aber ich wollte dein Unbehagen nicht noch verstärken, indem ich Fragen stellte. Ich hoffte, du würdest darüber reden, wenn du bereit bist."

Neue Tränen strömten über ihr Gesicht und sie presste sich an ihn. Peter hielt sie wortlos fest, während sie heulte. Für sich selbst. Für Lotte. Für Doktor Tretters anderen Opfer in Ravensbrück, die menschlichen Meerschweinchen *Króliki*, die die qualvollsten medizinischen Experimente unter seinen Händen hatten ertragen müssen.

Als sie keine Tränen mehr hatte, lag sie an Peters Brust, spürte die Nässe seines mit ihren Tränen getränkten Hemdes und sagte: „Er hat versprochen, dort weiterzumachen, wo er aufhören musste, als ich aus Ravensbrück fortging."

„Nur über meine Leiche", knurrte Peter und drückte sie heftig an sich.

„Aber... aber... was kann ich tun? Was kannst du tun?"

„Im Moment nichts. Aber vertrau mir, ich werde nicht nur seine Hände abhacken, sollte er dich jemals wieder anfassen."

„Das kannst du nicht machen!" Anna schob ihn von sich weg, um in seine wutentbrannten Augen zu schauen. „Die Gestapo würde Hackfleisch aus dir machen. Es kommt überhaupt nicht in Frage, dass du dich für mich in Gefahr bringst!"

Peter schmunzelte und drückte ihr einen Kuss auf die Wange. „Deshalb liebe ich dich so sehr, weil du so eine unerschrockene junge Dame bist."

„Peter, ich meine es ernst."

„Und ich meine es auch ernst. Was für ein Mann wäre ich, wenn ich die Frau, die ich liebe, nicht beschützen würde?"

KAPITEL 27

Am nächsten Tag besuchte Anna Mutter und Ursula. Sie nahm einen der selten gewordenen Busse und durchquerte die zerstörte Stadt. Seit sie in der Dienstwohnung lebte, verließ sie selten das Gelände der Charité und hatte fast vergessen, wie grauenvoll die Situation in Berlin war.

Immerhin hatten endlich die unaufhörlichen Luftangriffe aufgehört, als hätten die Alliierten eingesehen, dass es in der Hauptstadt nichts mehr zu bombardieren gab. Laut den Nachrichten im Radio konzentrierten die Alliierten ihre Luftangriffe nun auf Frankreich. Spekulationen ließen vermuten, dass sie eine Invasion irgendwo an der französischen Atlantikküste planten. Das Beschädigen der Infrastruktur war ihre Vorbereitung dafür, die deutsche Verteidigung zu lähmen.

Anna hatte nie viel Zeit darauf verwendet, sich zu überlegen, was nach Kriegsende passieren würde. Trotz der immerwährenden Durchhalteparolen bezweifelte sie wie die meisten ihrer Kollegen, dass Deutschland diesen Krieg noch gewinnen konnte. Nicht seitdem die Amerikaner Millionen und Abermillionen von Dollar, Material und Soldaten in die Schlacht warfen. Und selbst die Russen, die nur einen Schritt von der kompletten Vernichtung entfernt gewesen waren, als Hitlers Wehrmacht im Herbst 1941 auf Moskau vorgerückt war, hatten sich erholt und neu gruppiert und vernichteten nun ihrerseits Division um Division der deutschen Wehrmacht.

Die meisten Menschen wollten, dass der Krieg zu Ende ging, aber als sie die Verwüstung sah, an der der Bus vorbeifuhr, dämmerte es Anna, dass es nicht die magische Rückkehr zur Normalität sein würde, die jeder zu erwarten schien. Das war schon lange nicht mehr möglich. Die Gewinner würden so voller Hass und Abneigung gegen das deutsche Volk sein – noch mehr, wenn sie erst von den Gräueltaten in den Lagern erfuhren —, dass Anna befürchtete, sie würden die gesamte Bevölkerung umbringen, so wie sie zuvor die Städte in ganz Deutschland dem Erdboden gleichgemacht hatten.

Innerlich aufgewühlt schleppte sie sich die Treppe hinauf. Unterwegs traf sie ihre Nachbarin, die gerade nach unten ging.

„Frau Weber, wie geht es Ihnen heute?“ Anna klebte sich ein höfliches Lächeln aufs Gesicht, obwohl sie die Frau nicht ausstehen konnte.

„Mir geht es gut. Aber ich mache mir Sorgen um deine Schwester Ursula.“ Frau Weber blockierte die Treppe, offensichtlich auf der Suche nach Klatsch und Tratsch.

Anna täuschte Unwissenheit vor und sagte: „Ich bin sicher, es geht ihr gut.“

„Nun, da gehen seltsame Dinge vor sich. Trauert sie immer noch um Lottes Tod? Armes Mädchen. So jung. Aber auch mit einer scharfen Zunge, die nicht gezähmt werden konnte. Deine Mutter hat mir nie erklärt, was genau passiert ist.“ Frau Weber warf Anna einen neugierigen Blick zu.

„Sie ist an Fleckfieber gestorben“, sagte Anna und hoffte, dass dies ausreichen würde, um Frau Webers Neugier zu befriedigen.

„Das arme Mädel. Es ist schon so lange her, wie lange genau? Drei Monate? Und es gab immer noch keine Gedenkfeier für sie. Und wo ist ihr Grab?“

Du dummer Treppenterrier. Es wird keine Gedenkfeier geben, weil sie nicht wirklich tot ist. Anna versuchte ihr Bestes, um ein trauriges Gesicht zu machen. „Ja, es ist so eine Tragödie. Wir haben ihren Körper nie erhalten. Quarantänebestimmungen, wissen Sie? Die Behörden hatten Angst, dass die Leiche diese furchtbar ansteckende Krankheit auf unsere Familie und sogar auf unsere Nachbarn übertragen könnte." Anna musste sich auf die Lippen beißen, um nicht laut über das entsetzte Gesicht von Frau Weber zu lachen.

„Oh", sagte die Nachbarin und wich einen Schritt zurück.

„Die Behörden hatten recht", fügte Anna mit teuflischer Freude hinzu. „Ich betreue täglich Patienten mit Fleckfieber, Tuberkulose, Ruhr und Cholera, und ich weiß, wie schnell man sich mit so einer tödlichen Krankheit anstecken kann." Sie machte einen Schritt auf die entsetzt aussehende Frau zu.

„Ich... ich habe es eilig. Guten Tag", sagte Frau Weber und floh die Treppe hinunter.

Anna grinste, stieg die restlichen Stufen in den dritten Stock hinauf und klopfte an die Wohnungstür. Die Tatsache, dass sie Frau Weber nicht mehr täglich über den Weg lief, war ein weiterer Vorteil ihres Wegzugs. Sie erinnerte sich nur allzu gut daran, wie die Tratschtante die Gestapo auf sie gehetzt hatte, während sie den britischen Piloten – den Vater von Ursulas Baby – in der Wohnung versteckt gehalten hatten.

„Anna, Liebling, wie geht es dir?", fragte Mutter, als sie die Tür öffnete.

„Gut." Anna betrat die Wohnung und hängte ihren Mantel an die Garderobe, wo bereits drei Mäntel an den Haken hingen. „Ihr habt Besuch?"

„Schön wär's", sagte Mutter mit einem müden Seufzer. „Das Amt für Raumbewirtschaftung hat uns eine ausgebombte Person zugewiesen. Frau Mahler wohnt jetzt in eurem Zimmer und Ursula hat ihre Sachen zu mir ins Schlafzimmer gebracht. Wir hatten Glück, dass sie uns nicht noch jemanden zugewiesen haben, der im Wohnzimmer schlafen soll."

„Ist sie hier?" Anna blickte sich um und folgte dann ihrer Mutter in die Küche.

„Nein, sie arbeitet heute eine Sonderschicht in der Munitionsfabrik.“ Mutter erhitzte Wasser für Tee. „Frau Mahler ist etwa so alt wie Ursula und glücklicherweise eine ordentliche Person. Ihr Mann ist bei einem Bombenangriff umgekommen, und angesichts des Verfalls der moralischen Sitten in eurer Generation“, sagte Mutter und pausierte, um einen missbilligenden Blick auf Ursula zu werfen, die gerade ihren großen Bauch durch die Tür schob, „habe ich ihr gesagt, dass ich in diesem Haus keinen Männerbesuch dulde.“

„Hallo Schwesterherz.“ Anna ignorierte Mutters Kommentar und umarmte Ursula. „Wie geht es dir?“

„Viel besser, seit ich auf dem Amt war und meine Schwangerschaft habe registrieren lassen. Es ist kaum zu glauben, welche zusätzlichen Lebensmittelmarken ich jetzt bekomme“, sagte Ursula.

„Du brauchst es.“ Anna fiel auf den Stuhl und nahm die Tasse dampfenden Tees, die Mutter ihr reichte.

„Vielleicht kannst du deine Schwester zur Vernunft bringen“, sagte Mutter zu Anna.

„Worum geht es?“

„Mutter denkt, ich sollte aufs Land zu Tante Lydia ziehen“, antwortete Ursula, während sie auch eine Tasse Tee erhielt.

„Das ist nicht die schlechteste Idee“, sagte Anna langsam.

„Ich kann Berlin nicht verlassen. Pfarrer Bernau braucht meine Hilfe, jetzt mehr denn je.“ Ursula zog eine Grimasse.

Mutter schüttelte den Kopf und sagte: „Du trägst ein Kind unter dem Herzen, an das du jetzt denken musst. Diese Arbeit gefährdet euch beide. Bei Tante Lydia bist du sicher, bekommst mehr zu Essen und ausreichend Schlaf.“

Anna konnte spüren, wie sich ein Streit anbahnte, und wechselte das Thema. „Habt ihr was von Richard gehört?“

Mutter starrte sie finster an. „Richard! Erinnere mich nicht an deinen Bruder! Dieser törichte Junge hat mir geschrieben, dass er um eine Versetzung an die Front ersucht hat, anstatt dort zu bleiben, wo er war: nämlich sicher hinter einem Schreibtisch versteckt. Ist denn das zu glauben?“

Anna glaubte es nicht. Richard war von klein auf der Bücherwurm der Familie gewesen, ein schüchterner, ruhiger und dürrer Junge, der nur allzu gerne das Rampenlicht seinen drei Schwestern überließ. Ein Jahr älter als der Wildfang Lotte, hatten die Leute oft den Kopf darüber geschüttelt, dass sie sich mehr wie ein Junge verhielt als er. Es lag außerhalb von Annas Fassungsvermögen, dass selbst ihr introvertierter Bruder plötzlich heroische Qualitäten zeigte, während sie sich noch immer wegen Doktor Tretters Drohungen in die Hose machte.

„Mutter, du weißt nicht, was er bei seiner Schreibtischarbeit tun musste", sagte Ursula, legte eine beruhigende Hand auf den Arm ihrer Mutter und schickte Anna einen Blick, der sagte, *ich wette, er zieht es vor, auf dem Schlachtfeld zu sterben, als für einige der Dinge verantwortlich zu sein, von denen wir wissen, dass sie geschehen.*

„Wann wird dieser Krieg enden?" Mutter stellte die rhetorische Frage mit einem desolaten Ton in ihrer Stimme.

„Hoffentlich bald", antwortete Anna und fügte dann hinzu, „Lotte rief mich vor einiger Zeit an, um mich daran zu erinnern, dass sie achtzehn geworden ist."

„Mein Nesthäkchen. Ich hoffe, die Nonnen haben mehr Erfolg damit, ihr Gehorsam beizubringen, als ich", sagte Mutter.

„Sie ist nicht mehr im Kloster", platzte es aus Anna heraus, bevor sie sich eine Hand auf den Mund presste.

„Was meinst du damit? Wo ist sie?" Mutter sah Anna mit zusammengekniffenen Augen an, worauf die fruchtbar errötete, als sie ihren Fehler erkannte.

„Das weiß ich nicht, aber sie hat mich angerufen, weil sie ein Empfehlungsschreiben brauchte. Um eine Ausbildung als Nachrichtenhelferin zu beginnen", murmelte Anna.

Mutters Gesicht wurde blass und für lange Zeit hätte man eine Stecknadel fallen hören können.

„Nachrichtenhelferin? Was denkt sich das Mädel dabei?", fragte Mutter schließlich.

„Das ist eine verdammt gefährliche Stellung", sagte Ursula,

unterbrochen von dem Schnalzen, das Mutter bei der Verwendung dieses unschicklichen Wortes von sich gab.

„Entschuldige, Mutter", sagte Ursula. „Die Nachrichtenhelferinnen folgen der Front, um alle Neuigkeiten an das Hauptquartier zu übermitteln. Da es so gefährlich ist, sucht die Wehrmacht verzweifelt nach Freiwilligen."

Mutter schloss die Augen und sagte mit einem tiefen Seufzer: „Ich weiß wirklich nicht, was über meine Kinder gekommen ist. Niemand hört mehr auf mich."

Viel später begleitete Ursula ihre Schwester zur Bushaltestelle und nutzte die Zeit unter vier Augen, um zu fragen: „Warum um Gottes willen hat Lotte ihre Meinung geändert und will für die Nazis arbeiten?"

„Nicht für die Nazis, sondern gegen sie. Sie will den Alliierten geheime Informationen von der Front zuspielen." Anna umarmte ihre Schwester fest, weil sich ihr Bus der Haltestelle näherte.

„Jesus Maria. Was, wenn sie erwischt wird? Sie wird sich zurück nach Ravensbrück wünschen." Ein Schaudern erschütterte Ursulas Körper. „Ich habe mit eigenen Augen gesehen, wie die Gestapo mit ihren Gefangenen umspringt. Diejenigen, die zu uns ins Gefängnis kommen, sehen kaum mehr wie Menschen aus."

„Wir müssen darauf vertrauen, dass sie nicht erwischt wird. Wir beide wissen, dass wir, abgesehen davon, Lotte zu fesseln und zu knebeln, nichts tun können, um sie von ihrem Plan abzuhalten." Anna ließ Ursula los und stieg in den Bus, der an der Haltestelle angehalten hatte. „Pass auf dich auf!"

KAPITEL 28

Anna lief direkt zu Peters Wohnung und klopfte an. Nachdem sie ihn beim Morsen überrascht hatte, achtete er immer peinlichst genau darauf, dass die Tür von innen abgeschlossen war.

„Hallo Süße.“ Er begrüßte sie mit einem Kuss und schloss dann die Tür hinter sich ab. „Wie war der Besuch bei deiner Familie?“

„Schön, aber...“ Anna beugte sich nach unten, um ihre Schuhe auszuziehen. „Das Amt für Raumbewirtschaftung hat ihnen eine ausgebombte Person zugewiesen. Und Mutter will, dass Ursula bei meiner Tante auf dem Land lebt, bis das Kind da ist.“

„Das ist keine schlechte Idee.“ Peter grinste und wirbelte sie herum. „Ich lade dich nach dem Abendessen ins Kino ein, aber zuerst muss ich eine Nachricht an London übermitteln.“

„Du tust, was immer du tun musst, und ich koche für uns. Mutter hat mir ein Stück Wurst mitgegeben, das Tante Lydia geschickt hat. Und jetzt lass mich runter.“ Anna lachte und wackelte mit ihren Beinen in der Luft.

„Das werde ich auf gar keinen Fall tun“, protestierte Peter und trug sie den ganzen Weg in die kleine Kochnische, bevor er sie absetzte und sich einen weiteren Kuss stahl.

Anna summte zu einer Melodie im Radio, während sie das Festmahl vorbereitete. Das vertraute Klopfen aus dem Schlafzimmer wurde von der Musik übertönt, während sie Kohl, Karotten und Kartoffeln schnitt, um mit der Wurst zusammen einen Auflauf zu machen.

„Hmm, das riecht gut. Was gibt es?“

Beim Klang der Stimme drehte sie sich um und keuchte entsetzt auf. „Was machen Sie hier?“

„Ich bin dir gefolgt“, antwortete Doktor Tretter und sah sie lüstern an.

„Wie sind Sie überhaupt reingekommen?“ Sie hatte mit eigenen Augen gesehen, wie Peter die Tür hinter ihr abgeschlossen hatte.

Doktor Tretter hielt stolz einen Schlüssel hoch. Anna wollte ihn aus seiner widerlichen Hand schlagen. „Das ist der Hauptschlüssel zu allen Personalwohnungen auf dem Gelände der Charité. Ich kam zufällig in seinen Besitz.“

„Gehen Sie. Ich will Sie hier nicht haben.“ Anna blickte auf das Küchenmesser, das sie in der Hand hielt, und umklammerte es fester. Sie konnte Peter nicht zu Hilfe rufen, weil er gerade eine Nachricht an London übermittelte. Wenn der Teufel auch nur einen Blick auf das Funkgerät erhaschte, war weder ihr Leben noch das von Peter einen einzigen Pfifferling mehr wert.

„Wo sind deine Manieren, Schwester Anna?“ Er sah sich in der Wohnung um. „Also, hier wohnst du. Hübsch.“ Dann fiel sein Blick auf Peters Hut und die Uniformjacke, die an einem der Haken neben der Tür hingen.

Er wandte sich wieder Anna zu, sein Gesicht vom Zorn verzerrt. „Du Hure! Das wirst du mir büßen! Ich habe dich davor gewarnt, mich zu betrügen.“

„Ich mag Ihre Hure gewesen sein, aber die Zeiten sind vorbei.“ Anna fühlte, wie Wut in ihr hochkochte, die Angst beiseiteschob und ihr eine ungeahnte Stärke gab. „Sie verlassen sofort diese Wohnung und belästigen mich nie wieder, oder —“

„Oder was? Willst du deinen Gspusi zu Hilfe rufen? Glaubst du wirklich, dass er es mit mir aufnehmen wird? Er ist nichts weiter als ein Chauffeur, ein Dienstbote. O nein“, zeterte er. Er kam Anna bedrohlich nahe und sie sah pure Bosheit in seinen Augen glitzern. „Du gehörst mir. Ich kann mit dir machen, was immer ich will. Wann immer ich es will. Wie immer ich es will. Dein Körper gehört mir und du wirst mir zu Willen sein, solange ich es für richtig halte.“

Annas Wut breitete sich weiter in ihr aus und ließ sie verstummen. Das Radio spielte die letzten Töne eines Volksliedes, und dann fiel Stille über die Wohnung; eine Stille, die nur von den gedämpften Klopfgeräuschen hinter der Schlafzimmertür unterbrochen wurde.

Doktor Tretter erstarrte. „Was ist das? Wer ist da drin?“

„Niemand. Und nun verschwinde!“ Anna wusste, dass sie ihn aufhalten musste, und stellte sich ihm in den Weg.

„Geh mir aus dem Weg, du Drecksstück“, befahl er und schob sie zur Seite, als wäre sie nichts weiter als ein lästiges Insekt. Dann stürmte er durch den Raum und riss die Schlafzimmertür auf. Dahinter saß Peter über das Funkgerät gebeugt.

„Sie? Die Gestapo wird sich über meine Entdeckung freuen“, sagte Doktor Tretter mit einem grausamen Grinsen und drehte sich auf der Stelle um, ging ein paar Schritte und griff nach dem Telefonhörer. Aber Anna war schneller.

„O nein. Das tun sie nicht. Sie haben schon genug Schaden angerichtet.“ Dann hob sie ihren rechten Arm und ging auf ihn los. Mit dem Küchenmesser, das sie noch immer in der Hand hielt, zielte sie auf seine Halsschlagader und stach zu.

Dann wurde es schwarz um sie herum.

„Anna? Liebling? Geht es dir gut?“, kam Peters Stimme durch das donnernde Rauschen in ihren Ohren. Noch immer konnte sie nur Umrisse erkennen und sah lediglich einen sich bewegenden Schatten, bis eine Ohrfeige das Blut in ihren Kopf zurückschickte. „Bitte, sag etwas!“

„Ich schätze... mir geht es... gut.“ Ihr Mund schien voll Watte zu sein, aber zumindest kehrte ihre Sicht zurück und sie konnte nun deutlich erkennen, dass Peter sich über sie beugte. Er musste sie aufgefangen haben, als sie ohnmächtig geworden war, und sie zum Bett getragen haben. „Wo ist ...er?“

„Er wird dir nie wieder wehtun.“ Peter setzte sich neben sie auf das Bett und löste vorsichtig das Messer aus ihren verkrampften Fingern.

„Ich habe ihn umgebracht“, flüsterte sie, und eine Welle der Übelkeit schwappte über sie. Sie hatte einem anderen Menschen vorsätzlich das Leben genommen. Egal wie abscheulich der Mann auch gewesen sein mochte, es änderte nichts an der Tatsache, dass sie ihn kaltblütig ermordet hatte. Die Monstrosität ihrer Tat sickerte langsam in ihren Verstand, ihre Knochen und ihr Herz. Sie hatte eigenhändig ein wichtiges Parteimitglied getötet.

„Pst, versuch jetzt nicht daran zu denken. Du hast mir das Leben gerettet, und dir selbst auch“, beruhigte Peter sie und strich liebevoll über ihren Kopf. Egal wie sehr er sich bemühte, Anna zitterte immer noch vor Entsetzen über das, was sie getan hatte. „Warte, ich bin gleich wieder zurück.“ Er verschwand in der Kochnische und kehrte kurz darauf mit einer stechend riechenden, transparenten Flüssigkeit in einem Glas zurück.

„Was ist das?“, flüsterte Anna, zu erschöpft, um ihre Hände zu heben. Sie wünschte sich, dass sich ein Spalt in der Erde auftun und sie komplett verschlingen würde.

„Wodka. Trink aus. Es hilft.“ Er legte das Glas an ihre Lippen und brachte sie dazu alles auszutrinken.

Er hatte recht. Der Wodka brannte sich ihre Kehle herunter, spendete Wärme in ihre zitternden Gliedmaßen und betäubte ihr Gehirn ausreichend, um nicht mehr an das Blut zu denken, das aus Doktor Tretters Hals sprudelte. Als Peter wieder aufstehen wollte, umklammerte sie seine Hand und flüsterte: „Bitte. Bleib.“

„Solange du mich brauchst“, sagte er und hielt sie fest. Der Alkohol tat ein Übriges und bald entspannte sie sich in seinen Armen. Aber dann flossen die Tränen. Je länger er sie hielt, desto mehr heulte sie. „Weine so viel, wie du willst. Es hilft“, redete Peter beruhigend auf sie ein und strich dabei mit einer Hand ihren Rücken auf und ab. Und das tat sie. Sie weinte, schrie und schluchzte, bis sie heiser war und es keine Tränen mehr gab, die sie weinen konnte.

Als sie endlich aufhörte, küsste Peter sie und sagte: „Du versuchst zu schlafen, und ich kümmere mich um ihn.“ Er stand auf, zog sich eine alte, abgenutzte Hose und Jacke an und rollte die Ärmel hoch.

Anna schloss die Augen und musste wirklich eingenickt sein, denn sie wurde geweckt, als ein Schrank geöffnet wurde und Wasser floss. Einige Minuten später kam Peter mit einem harten Gesichtsausdruck ins Schlafzimmer und sagte: „Alles erledigt.“

Sie wagte nicht zu fragen, was er getan hatte oder wie er die Leiche entsorgt hatte. Sie lud ihn einfach zu sich unter die Decke ein und drückte sich an seinen starken Körper. Morgen würde sie sich mit den Folgen ihres Handelns befassen.

KAPITEL 29

Am nächsten Morgen wachte Anna mit dem Gefühl auf, dass etwas Schreckliches passiert sein musste. Sie setzte sich auf und rieb sich den Schlaf aus den Augen, bis die Erinnerungen zurückkamen.

Ich habe einen Mann getötet.

„Peter?“, quietschte sie mit einer schrillen Stimme.

„Guten Morgen, meine Süße.“ Er betrat das Schlafzimmer mit einem um die Hüften geschlungenen Handtuch, sein dichtes Brusthaar noch feucht von der Dusche, die er gerade genommen hatte. Aber Anna hatte keine Augen für den perfekten Körper des Mannes, den sie so sehr liebte.

„Ich brauche... wir brauchen... was wird...“ Die Worte purzelten im selben Mischmasch aus ihrem Mund, wie die Gedanken in ihrem Kopf herumwirbelten.

„Schsch.“ Er ließ sie mit einem Kuss auf ihre Lippen verstummen, und ganz allmählich verlangsamte sich der Gedankenwirbel. „Hör mir gut zu. Ich will, dass du folgendes tust: Zuerst gehst du zu dir nach Hause und machst dich hübsch, bevor du wie gewohnt zur Arbeit gehst.“

„Arbeit? Wie kann ich heute auch nur an meine Arbeit denken?

Nachdem...“ Anna schluckte mehrmals, um die aufkeimende Panik in Schach zu halten.

„Du musst dich normal verhalten. Mach alles genau so wie an jedem x-beliebigen anderen Tag. Tu so, als hättest du *ihn* seit dem Tag der Feier nicht mehr gesehen.“

„Mich normal verhalten?“ Anna fragte sich, wie das funktionieren sollte. *Ich habe gestern Abend einen Mann eigenhändig umgebracht. Wie verhält sich eine kaltblütige Mörderin?*

Peter zog sie vom Bett, umarmte sie für einen langen Augenblick und sagte dann: „Los. Zieh dich jetzt an und geh. Vergiss nicht, so makellos auszusehen, wie du es immer tust.“ Dann gab er ihr einen Klaps auf den Hintern, damit sie sich in Bewegung setzte. Ihre Kleider waren mit Blut befleckt, aber Anna hatte nichts anderes anzuziehen. Sie kämpfte gegen Wellen der Übelkeit, während sie sich anzog und dann ganz automatisch ihren Mantel über dem blutbefleckten Kleid zuknöpfte. Ihre Konzentration auf das Normale war so stark, dass sie ganz vergaß, sich von Peter zu verabschieden, als sie seine Wohnung verließ.

Glücklicherweise war es noch früh und sie begegnete keiner Menschenseele auf dem kurzen Weg zu ihrer eigenen Wohnung, wo sie den Mantel auf den Boden fallen ließ und sich dann komplett bekleidet unter die Dusche stellte. Sie schrubbte ihr Kleid, sich selbst und ihre Haare, bis alle Blutspuren beseitigt waren. Aber als sie aufblickte, sah sie um sich herum überall rote Flecken. Anna wusste, dass das eine Illusion war, dass ihr gequälter Verstand ihr Streiche spielte, weil es keine Blutspritzer in ihrer Wohnung geben konnte. Oder an ihren Händen.

Mit einem künstlichen Lächeln auf dem Gesicht verließ sie ihre Wohnung und erschien wie jeden Tag zur Arbeit. Nichts deutete darauf hin, dass am Vorabend ein Mord begangen worden war, und niemand schien Doktor Tretter zu vermissen. Als sie zum Mittagessen in die Kantine ging, hatte sie sich etwas entspannt und konnte sogar über die dummen Witze eines Kollegen lachen.

Am Nachmittag bat Professor Scherer alle Gruppenleiter in sein

Büro. Als Anna die zwei Männer in unauffälligen Anzügen sah, die ihn flankierten, hörte ihr Herz auf zu schlagen.

„Meine Damen und Herren, es könnte ein Verbrechen an der Charité gegeben haben“, sagte der Professor mit erschütterter Stimme. Er hob eine Hand und zeigte auf die beiden Männer in grau. „Diese Herren sind von der Gestapo und müssen jeden einzelnen von Ihnen sowie Ihre Mitarbeiter über das Verschwinden von Doktor Tretter befragen.“

Ein Raunen ging durch den Raum, und Annas Handflächen wurden feucht.

Sie werden mich durchschauen. Dann werden sie mich foltern und mich zwingen, alles zu gestehen. Sie werden mich hinrichten. Und Peter auch.

„Aber, Professor Scherer, sollte der neue Professor nicht erst in zwei Wochen seinen Dienst hier antreten?“, fragte einer der Chefärzte.

„Leider...“ Einer der Gestapobeamten machte einen Schritt nach vorne und durchbohrte nacheinander das Dutzend Menschen im Raum mit seinen stahlblauen Augen. Das Gemurmel verebbte, und Anna war sich sicher, dass sie nicht die Einzige war, die wie auf Nadeln saß. Die Gestapo hatte die Fähigkeit, selbst das unschuldigste Kind bis auf die Knochen zu erschrecken, sodass es sich das Gehirn zermarterte, was es falsch gemacht haben könnte.

Seltsamerweise erfüllte dieser Gedanke Anna mit Zuversicht. In ihrer Kindheit hatte sie die Fähigkeit verfeinert, jeden dazu zu bringen, an ihre Unschuld zu glauben. Die Schauspielerei, die bei Mutter funktioniert hatte, würde auch die Gestapo einlullen. Es musste einfach funktionieren. Ansonsten würde sie hingerichtet werden – beiseitegeschoben, als wäre sie nie gewesen. Zusammen mit Peter. Und Gott weiß, mit wem sonst noch.

„... Doktor Tretter ist gestern Abend in der Charité angekommen. Er parkte seinen Wagen auf dem Parkplatz und holte den Schlüssel für die ihm zugewiesene Dienstwohnung beim Pförtner ab. Seitdem wurde er nicht mehr gesehen“, sagte der Beamte und ließ seine Augen über die versammelte Menge schweifen, ohne Zweifel auf der Suche nach einer verräterischen Körpersprache.

Anna kanalisierte ihre schauspielerischen Fähigkeiten und schlüpfte in die Rolle von Fräulein Klausen, Leiterin der Impfstoff-forschung, die nur für ihre Arbeit lebte. Die Angespanntheit in ihren Muskeln löste sich langsam, und sie setzte einen besorgt-entsetzten Gesichtsausdruck auf. Anna, die kaltblütige Mörderin, wurde vorübergehend tief in ihrem Inneren eingeschlossen, zusammen mit den Erinnerungen an den entscheidenden Moment, in dem ihr Leben aus den Fugen geraten war.

Einer nach dem anderen wurden die Gruppenleiter und später die Untergebenen in einen Raum geführt und von den beiden Gestapobeamten befragt.

„Hat Doktor Tretter Sie gestern Abend kontaktiert?“, fragte der Mann mit den stahlblauen Augen.

„Nein, Herr Kriminalkommissar.“

„Warum nicht?“, fragte der andere.

Anna blinzelte verwirrt. *Das ist Teil ihres Verhörs. Sie wollen dich aus der Fassung bringen.* „Er hatte keinen Grund, mich zu kontaktieren. Ich wusste nicht einmal, dass er in Berlin ist.“ Der zweite Satz war wahr.

„Sie leugnen also, eine Affäre mit Doktor Tretter gehabt zu haben?“, sagte der Kriminalkommissar schneidend.

Sie errötete und sah auf den Boden.

„Schauen Sie mich an, wenn ich mit Ihnen spreche“, kam der ruppige Befehl und sie riss ihren Kopf hoch.

„Ich...“, flüsterte sie und weitete bewusst ihre Augen, während sie dem Blick des Kommissars standhielt. „Als ich in Ravensbrück arbeitete… Ich bewunderte die Arbeit von Doktor Tretter und...“ Anna stellte sich vor, wie sie nackt vor dem Teufel stand, während er sie musterte, und spürte, wie sie prompt noch mehr errötete. Betont schamhaft biss sie sich auf die Lippen und wand sich unter dem prüfenden Blick des Kommissars. „Wir hatten eine kurze Affäre.“ Sie glättete ihren Rock, bevor sie weitersprach: „Aber das Ganze endete, als ich nach Berlin versetzt wurde. Es war eine Erleichterung für uns beide, denn wir wussten, dass es falsch war. Er war mein Vorgesetzter. Werden Sie mich für diese Unsittlichkeit bestrafen?“ Sie vergoss ein paar Tränen für einen dramatischen Effekt.

„Sie haben Doktor Tretter seitdem nicht mehr getroffen?“, fragte der Kriminalkommissar, seine Stimme etwas weniger feindselig.

„Nein.“ Sie tupfte sich die Augen an. „Ich war genauso überrascht wie alle anderen, als Professor Scherer vor einer Woche bekannt gab, dass er der neue Inhaber der Professur für Innere Medizin wird.“

„Haben Sie an diesem Tag mit ihm gesprochen?“

Anna unterdrückte einen Schauer und täuschte stattdessen ein Lächeln vor. „Nur ein paar Worte im Beisein von Professor Scherer. Er war so glücklich. Das war eine solche Leistung; Sie können sich nicht vorstellen, wie hart er dafür gearbeitet hat, dieser Professur würdig zu sein.“

„Hat er Sie gebeten, wieder mit ihm zu schlafen?“

Die Frage überraschte sie. „Herr Kriminalkommissar! Das wäre überaus unschicklich gewesen, und keiner von uns wollte unser zukünftiges Arbeitsverhältnis durch eine illegale Affäre belasten. Wir wollten beide unsere ganze Energie für Führer und Vaterland aufwenden.“

Der Kommissar zog die Stirn in Falten. „Ist das so?“

„Ja. Professor Scherer sagt immer, dass jeder von uns Opfer für das Wohl der Allgemeinheit bringen muss.“ Anna hielt dem Blick des Beamten stand, bis sie spürte, wie seine Entschlossenheit nachließ. „Und ich tue alles, was ich kann, um die Kriegsanstrengungen zu unterstützen.“

Die beiden Männer tauschten einen Blick aus und dann sagte der Kriminalkommissar: „Nun. Das wird vorerst ausreichen.“

„Danke.“ Anna stand auf und ging auf die Tür zu. Einer Eingebung folgend drehte sie sich um und sah die beiden Männer an. „Ich hoffe, Sie finden ihn."

„Das werden wir, Fräulein Klausen. Das werden wir."

Anna betete, dass er sich irrte.

KAPITEL 30

Als Peter sie an diesem Abend von der Arbeit abholte, zog er sie nicht wie üblich in eine dringend benötigte Umarmung, sondern blieb in der Tür zum Labor stehen und sagte: „Triff mich in fünf Minuten vor deiner Wohnung.“

Als sie dort ankam, wartete er bereits.

„Peter, was ist los?“, fragte sie besorgt, als sie die Tür aufschloss.

„Nichts, meine Süße, aber ich halte es für das Beste, wenn wir uns eine Weile nicht mehr sehen. Wir wollen keinen Verdacht erregen.“ Erst als sie die Tür hinter ihnen beiden abgeschlossen hatte, nahm er sie in seine Arme. „Wie war dein Tag?“

„Grauenvoll. Die Gestapo hat alle Mitarbeiter befragt.“ Annas Kopf lehnte an seiner Brust und sie spürte das Stolpern in seinem Herzschlag bei der Erwähnung der Gestapo.

„Und?“ Er schob sie auf Armeslänge weg und sah ihr forschend in die Augen.

„Sie haben meine Geschichte geglaubt. Aber...“ Sie schluckte den Kloß im Hals herunter. „Sie wussten von ihm und mir... also sagte ich ihnen, dass wir eine kurze Affäre hatten, die endete, als ich wieder nach Berlin versetzt wurde.“

„Gut, das ist glaubwürdig.“ Der schmerzverzerrte Ausdruck auf seinem Gesicht strafte seine Worte Lügen. Sie wusste, dass er Doktor Tretter am liebsten selbst getötet hätte für das, was er Anna angetan hatte.

„Ich bin jetzt frei. Er ist weg“, sagte Anna, aber die Schuld, einen Mann eigenhändig umgebracht zu haben, auch wenn dieser Mann ein Monster gewesen war, lastete schwer auf ihrer Seele. Es würde noch lange dauern, bis sie mit den Folgen ihres Handelns zurechtkommen würde. „Professor Scherer ist sehr verärgert über *sein* Verschwinden.“

„Ich verstehe nicht, warum. In den Kreisen, in denen er sich bewegt, verschwinden ständig Leute“, sagte Peter und fügte dann mit einem aufmunternden Blick hinzu. „Keine Sorge. Niemand wird je eine Spur finden.“

Anna wollte ihn nach der Leiche fragen, aber das tat sie nicht. Einige Dinge blieben besser ungesagt.

Wochen vergingen, und Anna hörte auf, ständig über ihre Schulter zu schauen und jedes Mal vor Schreck zusammenzuzucken, wenn sie Stiefelschritte hörte. Wie Peter versprochen hatte, fand die Gestapo die Leiche von Doktor Tretter nie und bald wurde der Aufruhr über sein Verschwinden zu einer bloßen Erinnerung.

Sie und Peter beschlossen, ihre Beziehung nicht länger geheim zu halten, und mit einem klopfenden Herzen nahm sie ihn an einem Wochenende mit, um ihn Mutter und Ursula vorzustellen. Zu Annas Erleichterung nahmen sie ihn in ihre Familie auf, selbst nachdem das Paar enthüllte, dass Peter nicht sein richtiger Name und er in Wahrheit ein Pole war.

Anna injizierte den behinderten Kindern und den Gefangenen weiterhin Salzlösung, aber in der allgemeinen Nervosität, mit der jeder auf die Invasion der Alliierten in Frankreich wartete, schien niemand zu bemerken, dass keiner der Patienten an Tuberkulose erkrankte. Vielleicht nahmen sie es als Zeichen dafür, dass der Impfstoff funktionierte, aber bevor Anna mit der Erstellung eines Abschlussberichts beauftragt wurde, ereilte eine weitere Katastrophe die Forschungsabteilung an der Charité.

Sämtliche männlichen Mitarbeiter unter Vierzig wurden zur Wehrmacht eingezogen, und da die restlichen Kollegen nicht ausreichten, musste Professor Scherer ankündigen, dass die gesamten Forschungsaktivitäten an einen anderen Ort verlegt werden würden. Mitarbeitern mit klinischem Hintergrund wurden Arbeitsplätze im Krankenhausteil der Charité angeboten, während das Verwaltungspersonal in eine der zahlreichen Munitionsfabriken versetzt wurde. Und Anna wurde in das Büro des Professors gerufen.

„Fräulein Klausen", sagte Professor Scherer, „es wäre eine Schande, Ihren brillanten Verstand zu verschwenden und sie wieder als Krankenschwester einzusetzen. Deshalb habe ich meine Fühler ausgestreckt und es gibt möglicherweise eine Gelegenheit für Sie, Ihre wissenschaftliche Arbeit unter einem anderen Vorgesetzten fortzusetzen. Das heißt, falls Sie die angebotene Stelle annehmen."

„Das ist sehr aufmerksam von Ihnen", sagte Anna, begierig darauf mehr über die Gelegenheit zu erfahren.

„Alle unsere Forschungen über bakterielle Infektionen gehen in das Lager in Auschwitz, und der Chefarzt, Doktor Mengele, hat sich freundlicherweise bereit erklärt, zwei meiner Mitarbeiter zu übernehmen, um die Experimente unter seiner Leitung fortzusetzen." Professor Scherer sah sie erwartungsvoll an.

Anna hatte Mühe, ihr Entsetzen zu verbergen. Sie hatte lange genug in Ravensbrück gearbeitet, um zu wissen, dass Auschwitz Teil der Endlösung für die Juden war. Obwohl sie nur ahnen konnte, was genau dort geschah, wusste sie ohne den Schatten eines Zweifels, dass sie niemals auch nur einen einzigen Fuß dort hineinsetzen wollte.

„Auschwitz, das ist sehr weit weg von hier", sagte sie, um Zeit zu gewinnen. Sie wollte nicht, dass der Professor dachte, sie sei undankbar für seine Bemühungen, aber sie würde sich nie wieder zu einer Komplizin der Verbrechen der Nazis machen lassen.

„Ich würde Sie ungern an Doktor Mengele verlieren, aber ich werde Ihnen nicht im Weg stehen, wenn Sie diese Gelegenheit nutzen wollen. Es könnte die Chance Ihres Lebens sein, Fräulein Klausen“, sagte der Professor mit einem Bedauern in der Stimme.

„Professor Scherer, ich danke Ihnen für dieses großzügige Angebot, aber ich würde lieber in der Nähe meiner Familie bleiben, als irgendwo weit weg im Osten zu arbeiten“, sagte Anna. Obwohl ihre Karriere in Trümmern lag, schwappte Erleichterung durch ihr gesamtes Sein. Ursula hatte recht gehabt. Eine Karriere, bei der sie über Leichen gehen musste, war es nicht wert. Sie würde viel glücklicher als einfache Krankenschwester sein, die Menschen half, anstatt sie zu quälen.

„Gehen Sie für heute nach Hause. Es gibt hier nichts mehr zu tun. Morgen früh melden Sie sich bei der Krankenhausverwaltung, um einer Station zugewiesen zu werden.“ Professor Scherer brachte sie zur Tür, dann lächelte er und sagte: „Ich bin froh, dass Sie hierbleiben.“

„Ich auch.“

Zur Mittagszeit ging Anna schwungvoll, ja beinahe hüpfend, zu der kleinen Konditorei, wo sie sich mit Peter treffen wollte. Er würde sich wahnsinnig über ihre guten Nachrichten freuen.

KAPITEL 31

Peter stand auf, als er sie kommen sah, ein Lächeln auf seinem angespannten Gesicht. Anna kniff ihre Augen zusammen und hoffte, dass er keine schlechten Nachrichten überbringen mochte. Nach der Sache mit Doktor Tretter war sie dazu übergegangen, jeden seiner Gesichtsausdrücke zu lesen – und wahrscheinlich zu viel in sie hineinzulesen.

„Meine Süße." Er gab ihr einen flüchtigen Kuss auf die Lippen, bevor er den Stuhl für sie herauszog. „Was willst du essen?"

„Was gibt es?" Sie ließ ihre Augen über die karge Auslage wandern und zeigte dann auf ein süßes Stückchen. „Der Hefezopf sieht lecker aus."

Kurze Zeit später kehrte Peter zu ihrem kleinen Tisch in der Ecke zurück, mit einem Tablett in der Hand, auf dem zwei Tassen Ersatzkaffee und ein Teller mit zwei Stücken Hefezopf standen. Anna zog eine Augenbraue hoch, als er beim Absetzen fast den Kaffee verschüttet hätte. *Warum ist er so nervös? Der Tretter-Vorfall ist längst vergessen.*

„Ich muss dir etwas sagen", begann er, als er sich neben sie setzte.

Anna nickte und ein Kloß bildete sich in ihrem Hals. Seinem

Gesichtsausdruck nach zu urteilen, würde sie sein bevorstehendes Geständnis nicht mögen.

„Es ist... ich dachte... es gibt immer noch einige Dinge, die du nicht über mich weißt", sagte er und spießte ein Stück Hefezopf mit seiner Gabel auf.

Schreckliche Angst packte Anna. „Nur zu."

Er blickte sich um, um sicherzustellen, dass niemand in Hörweite war, und senkte seine Stimme. „Bitte hör mich zuerst an, ja? Ich habe es dir nicht früher gesagt, weil..." Er rieb sich den Bart. „... weil ich nicht wusste, wie. Aber ich will keine Geheimnisse zwischen uns, wenn..." Er hielt inne und blickte sie flehend an.

„Du machst mir Angst, Peter", flüsterte Anna.

„Es ist nichts, wovor du Angst haben musst, es ist nur", er legte eine Hand auf ihren Arm, als ob er sicherstellen wollte, dass sie nicht weglief, atmete tief durch und sagte dann: „Ich habe dir erzählt, dass ich nach der Schule genug von der Landwirtschaft hatte und nach Warschau gegangen bin, um in die polnische Armee einzutreten. Aber das war nicht die ganze Wahrheit. Kurz davor hatte ich mich im Sommer in ein Mädchen verliebt und als sie schwanger wurde, heirateten wir, und ich zog nach Warschau, wo ihre Familie wohnte."

„Du bist verheiratet?" Anna stöhnte entsetzt auf und presste eine Hand auf ihr Herz.

„Nein. Ich bin verwitwet und..." Seine Stimme brach und jetzt war es Anna, die seine Hand festhielt, damit er nicht weglaufen konnte.

„Was ist passiert?"

„Ihre Familie... sie... sie... sie waren Juden. Ein paar Monate vor Hitlers Überfall auf unser Land schickte ich meine Frau, Ludmila, unseren Sohn Janusz und Ludmilas Schwester nach Lodz, um dort mit meiner Familie zu leben. Ich dachte, sie wären dort sicherer als in der Hauptstadt." Er blickte Anna mit einer Traurigkeit in den Augen an, die ihr beinahe das Herz zerriss. „Ich habe sie nie wiedergesehen. Nach meiner Flucht nach Großbritannien erhielt ich die Nachricht, dass alle drei ins Ghetto von Lodz verschleppt wurden."

„Lodz?“ Anna hatte diesen Namen noch nie zuvor gehört.

„Die Stadt wurde nach der Invasion in Litzmannstadt umbenannt“, erklärte Peter und fuhr dann fort. „Ein Jahr später fand der britische Geheimdienst durch Zufall heraus, dass Ludmila in Lodz gestorben war und Jan sich auf einem der Transporte nach Chelmno befand.“

Anna schauderte. Chelmno stand in der Hierarchie der Konzentrationslager ganz oben, eines von sechs Lagern im besetzten Polen, die als Endlösung für die Juden konzipiert waren. Ein verwaistes Kind allein hatte keine Chance, auch nur eine einzige Woche dort zu überleben. „Wie alt war dein Sohn?“

„Acht oder neun.“ Peters Augen wurden feucht.

„Es tut mir so leid“, sagte Anna und biss in den Hefezopf, um sich abzulenken. So viel Trauer hatte sich über diese Welt gelegt, verursacht durch den Wahnsinn eines einzelnen Mannes. Zwischen ihnen herrschte eine lange Stille, in der beide in Gedanken versunken waren.

„Anna.“ Seine Stimme durchdrang ihre Gedanken. „Dieser Teil meines Lebens ist schon lange vorbei. Aber ich wollte, dass du Bescheid weißt, denn ich will eine Zukunft haben. Zusammen mit dir.“ Er schenkte ihr ein nervöses Lächeln und ließ sie aufstehen, bevor er sich auf ein Knie beugte und sagte: „Anna Klausen, ich liebe dich von ganzem Herzen. Willst du meine Frau werden? Meine Partnerin sein in diesen schlechten Zeiten und den guten, die folgen werden? Meine Kinder bekommen? Meine Stütze in allen Bereichen unseres Lebens sein?“

Als er fertig war, vergoss Anna Tränen der Rührung und ihre Stimme versagte, sodass sie ihm nicht antworten konnte. Sie nickte und fand sich dann in seinen Armen wieder, und er küsste sie stürmisch, mitten in der Konditorei. Als er sie wieder losließ, klatschten die anderen Gäste, zumeist Frauen, in die Hände und lachten erfreut.

„Ja, ich will. Ich will keinen einzigen Tag mehr ohne dich leben müssen“, erklärte Anna, als sie ihre Stimme wiederfand. Peter grinste sie hocherfreut an, sodass sie das Gefühl hatte, in der Luft zu schweben.

„Er ist nicht aus Gold, aber es ist ein Ring." Er schmunzelte, als er einen antiken silbernen Ring mit einem blauen Stein auf ihren Finger schob.

„Ich liebe ihn, weil er ein Geschenk von dir ist." Anna küsste Peter und sie verließen die Konditorei Hand in Hand. Dann stiegen sie in den Bus, um Mutter und Ursula von ihrer Verlobung zu erzählen.

„Anna, Peter, kommt rein." Mutter begrüßte sie mit einem müden Gesicht. Vor kurzem war sie dazu aufgefordert worden, in einer Munitionsfabrik zu arbeiten, und die ungewohnte Arbeit machte ihr zu schaffen.

„Mutter, du siehst erschöpft aus, geht es dir gut?", fragte Anna, als sie in die Küche gingen, wo sie bei dem Anblick einer großen, honigblonden und sehr dünnen Frau in Annas Alter abrupt stehen blieb.

„Das ist Sabine Mahler", stellte Mutter die Frau vor, „unser ausgebombter Flüchtling. Und das ist meine zweite Tochter, Anna, und ihr Freund, Peter Wolf."

Anna konnte die Frau auf den ersten Blick nicht leiden, bemühte sich aber, ihre Abneigung zu verbergen, und lächelte sie höflich an. „Nett, Sie kennenzulernen."

„Ganz meinerseits", antwortete Sabine und streckte ihre Hand aus, um zuerst Annas und dann die von Peter zu schütteln. Aber nicht, bevor sie die beiden von Kopf bis Fuß gemustert hatte.

„Wo ist Ursula?", fragte Anna ihre Mutter.

„Schlange stehen", sagte Mutter achselzuckend, „das arme Mädel. Hochschwanger, und jetzt liegt der ganze Haushalt auf ihren Schultern. Ich würde sie lieber auf dem Land bei Lydia haben, aber sie besteht darauf, dass sie hier gebraucht wird."

Sabine schien die Ohren zu spitzen, und Anna spürte, wie ihr beim Anblick der anderen Frau die Nackenhaare zu Berge standen.

„Frau Klausen", sagte Peter und drückte Annas Hand. „In Abwesenheit Ihres Mannes möchte ich Sie um die Hand Ihrer Tochter bitten."

Mutter plumpste auf den Küchenstuhl und starrte die beiden ungläubig an, bis sie unkontrolliert zu lachen begann. Das hysterische Kichern dauerte so lange an, dass Anna Angst bekam. Sie hatte zwar eine ganze Weile nicht mehr als Krankenschwester gearbeitet, aber sie erkannte immer noch die Anzeichen eines Nervenzusammenbruchs.

„Wir bringen meine Mutter in ihr Zimmer", sagte sie mit einem Seitenblick auf Sabine Mahler, die pflichtbewusst einen Schritt zur Seite tat und den Weg freigab.

Als Anna die Schlafzimmertür hinter sich schloss und Frau Mahler außer Hörweite war, hörte Mutter auf zu kichern und schaltete das Radio ein, um eine Sendung mit Volksliedern zu hören.

„Es tut mir leid. Die letzten Tage waren furchtbar. Jahrzehntelang hat die Regierung die Rolle der Frau zu Hause und am Herd gepriesen, hat uns dazu ermutigt, Kinder zu gebären und aufzuziehen, und jetzt, da sie unsere Männer und Söhne in den Krieg geschickt hat, zwingt sie uns, in ihren Munitionsfabriken zu arbeiten. Was für eine Welt ist das?" Tränen rollten über Mutters Wangen, was Anna noch mehr erschreckte, denn sie hatte ihre Mutter sehr selten weinen sehen.

„Du könntest dich aus medizinischen Gründen von der Arbeitspflicht befreien lassen", schlug Anna vor.

„Nein. Ich werde mich nicht drücken." Mutter sah Anna empört an. „Zuerst wird Ursula von Gott weiß wem geschwängert und jetzt... Ihr wisst schon, dass ihr beide ins Gefängnis kommt, wenn jemand es herausfindet."

„Wir werden nicht legal heiraten können", sagte Peter, dem bewusst war, dass er mit seinen gefälschten Papieren nie die für eine Heiratserlaubnis notwendigen Dokumente beschaffen konnte. Und die Enthüllung seiner wahren Identität als Pole, der eine intime Beziehung zu einer arischen Frau unterhielt, würde ihn schneller in ein Konzentrationslager bringen, als er seinen Namen buchstabieren konnte.

„Wir brauchen die Zustimmung der Nazis nicht, aber wir können vor Gott heiraten", sagte Anna.

„Sag mir bloß nicht, dass du auch in anderen Umständen bist." Mutter starrte misstrauisch auf Annas Bauch.

„Nein." Anna schüttelte den Kopf. „Aber ich liebe Peter und will mit ihm zusammen sein."

„Was ist, wenn ich Nein sage?" Mutter blickte herausfordernd von Anna zu Peter.

Peter neigte den Kopf: „Ich würde natürlich Ihren Wunsch respektieren, Frau Klausen. Aber ich würde versuchen, Ihre Meinung zu ändern."

Für einen Moment zersprang Annas Herz beinahe vor Angst, aber dann sah sie ihre Mutter lächeln.

„Keine Sorge. Ich gebe Euch meinen Segen. Da keines meiner Kinder mehr auf mich hört, kann ich nur hoffen, dass Sie mehr Erfolg haben werden als ich, Anna aus Schwierigkeiten herauszuhalten."

„Danke, Frau Klausen. Ich werde es auf jeden Fall versuchen", sagte Peter mit einem Lächeln.

Eine Woche später standen Anna und Peter in Pfarrer Bernaus Sakristei. Unter den gegenwärtigen Umständen hatte er zugestimmt, die beiden in einer illegalen Zeremonie zu verheiraten und ihrer Beziehung den Segen Gottes zu geben.

Hinter dem glücklichen Paar standen Mutter mit einem feierlichen Gesicht, Ursula, der Tränen der Rührung die Wangen hinunterliefen, und Lotte. Als Anna sie angerufen hatte, um ihr die Neuigkeiten mitzuteilen, hatte Lotte Himmel und Erde in Bewegung gesetzt, um eine Reisegenehmigung für die Hochzeit ihrer *besten Freundin* zu bekommen.

„Die Dinge mögen momentan schwierig oder gar unmöglich erscheinen, aber sie werden nicht so bleiben. Der Krieg wird enden und für uns alle wird sich das Leben verändern. In der Zwischenzeit fühle ich mich geehrt, diesen Mann, Piotr Zdanek, und diese Frau, Anna Klausen, zu vereinen. Nicht vor Recht und Gesetz, sondern im Namen Gottes, desjenigen, der am wichtigsten ist.“

Sie tauschten ihre Gelübde aus, und dann sagte der Priester mit einem Augenzwinkern: „Sie dürfen die Braut jetzt küssen.“

Peter nahm sie in seine Arme und drückte einen Kuss auf ihre Lippen, während Anna das Gefühl hatte, ihr Herz würde vor so viel bedingungsloser Liebe platzen.

EPILOG

Am nächsten Tag begleiteten Anna und Peter Lotte zum Bahnhof. Der Name Alexandra fühlte sich fremd auf Annas Lippen an, aber je öfter sie ihn aussprach, desto einfacher wurde es.

„Alexandra, du kannst dir nicht vorstellen, wie viel es uns bedeutet hat, dass du zu unserer Zeremonie gekommen bist", sagte Anna und umarmte ihre Schwester fest.

„Ich hätte den glücklichsten Tag meiner Lebensretterin um nichts auf der Welt verpasst", sagte Lotte und kicherte dann. „Obwohl ich hoffe, dass wenigstens eine von uns eine *richtige* Hochzeit feiern darf."

Peter zog die Stirn in Falten und Anna sagte: „Das erkläre ich dir später, Liebling."

„Alexandra, die Züge Richtung Süden fahren dort drüben ab", sagte Anna und zeigte auf die andere Seite des Bahnhofs.

„Warte." Lotte zerrte an ihrem Ärmel, Schuldgefühle standen ihr ins Gesicht geschrieben.

„O nein! Was hast du jetzt wieder angestellt?" Anna fühlte, wie sich der Boden unter ihren Füßen bewegte.

„Versprichst du mir, dass du es Mutter vorerst nicht verrätst?"

Lotte flehte sie mit dem unwiderstehlichen Blick eines jungen Hundes an.

Anna seufzte, nickte aber.

„Ich fahre nach Osten. Alexandra Wagner, frisch gebackene deutsche Wehrmachtshelferin und englische Spionin, hat den Befehl, sich morgen früh bei der Militärverwaltung in Warschau bezüglich ihrer neuen Stellung als Nachrichtenhelferin zu melden."

Peters Augen wurden mit jedem Wort größer. „Das kannst du nicht machen. Es ist viel zu gefährlich. Warschau mag noch fest in deutscher Hand sein, aber die Rote Armee nähert sich und die Polnische Heimatarmee ist bereit für einen Gegenschlag. Du wirst mit Sicherheit sterben."

„Lieber sterbe ich bei dem Versuch, zu retten, was von meinem Land übrig ist, als mich einen einzigen Tag länger im Kloster zu verstecken." Lotte zuckte mit den Schultern und machte einen Schritt zu Peter, um ihn fest zu umarmen. „Pass gut auf meine Schwester auf, starker Mann."

Und dann stieg Annas kleine Schwester in einen Zug nach Warschau und fuhr davon.

Vielen Dank, dass Sie sich die Zeit genommen haben, TÖDLICHER EHRGEIZ zu lesen.

Wenn Ihnen das Buch gefallen hat, würde ich mich sehr über eine Rezension freuen:

My Book

Das nächste Buch der Serie ist AGENTIN WIDER WILLEN.

ANMERKUNGEN DER AUTORIN

Sehr geehrte Leserin,

vielen Dank, dass Sie TÖDLICHER EHRGEIZ gelesen haben.

Am Ende von DUNKLE NACHT befand sich Anna in einer schrecklichen Zwangslage, aber ich wusste, dass sie irgendwie einen Ausweg finden würde.

Annas Buch zu schreiben war sehr herausfordernd, weil sie so viel ertragen musste. Ich muss gestehen, dass ich sie manchmal ein wenig verachtet habe, weil sie so schwach war und sich nicht offener wehrte, aber am Ende fand sie ihren moralischen Kompass und handelte entsprechend.

Und Peter, in den habe ich mich in der Sekunde verliebt, als er in meinem Kopf erschienen ist. Seine Person wurde von meinem Besuch im Museum des Warschauer Aufstands inspiriert. Hier finden Sie meinen Artikel zu dem Besuch. https://kummerow.info/warsaw-uprising

Peter wird definitiv sein eigenes Buch bekommen, denn ich möchte über diese unglaublich tapferen Polen schreiben, die mit dem Mut der Verzweiflung für ihre Freiheit gekämpft haben.

Wie Sie wissen, lasse ich immer reale Ereignisse in meine Geschichten einfließen, und einige Namen historischer Persönlichkeiten haben Sie sicher wiedererkannt. Professor Scherer ist eine fiktive Person, aber Georg Bessau gab es wirklich. Er war Chefarzt der Kinderklinik an der Charité und verantwortlich für die Durchführung von qualvollen Tuberkulose-Impfversuchen an behinderten Kindern, die oft erst nach langem Leiden gestorben sind.

Die Schwanenwerder Insel habe ich bereits in meiner Reihe „Liebe und Widerstand im Dritten Reich“ erwähnt, und bei meinen Recherchen habe ich folgendes interessante Detail herausgefunden: Außer Goebbels und anderen hochrangigen Nazis wohnte nur eine gewöhnliche Familie auf der Insel. Die Familie Schertz besaß das kleinste Haus auf Schwanenwerder. Herr Schertz war von seinem Posten als Polizist entlassen worden, weil er zu den Freimaurern gehörte. Dennoch spielte der kleine Georg Schertz oft mit Helmut Goebbels – dem einzigen anderen Jungen auf der exklusiven Insel.

Anscheinend hatten Joseph und Magda Goebbels mehr Angst davor, dass ihr Sohn mit seinen fünf Schwestern zu sehr verweiblichen würde, als davor, ihn mit dem Sohn eines Freimaurers spielen zu lassen.

Mein herzlicher Dank geht wie immer an meine fantastische Coverdesignerin Daniela Colleo von stunningbookcovers.com, die geduldig meine zahlreichen Änderungswünsche eingearbeitet hat, bis wir ein perfektes Cover geschaffen haben.

Und natürlich an Jenny Völker, meine Korrektorin, die sich darum kümmert, dass der Text so fehlerfrei wie möglich ist.

Jaroslaw Pacewicz, ein ehemaliger Kollege, hat mir bei den polnischen Ausdrücken geholfen.

Aber mein größter Dank gilt allen meinen wunderbaren Leserinnen für die Unterstützung und die aufmunternden Worte.

Nochmals vielen Dank von ganzem Herzen, dass Sie sich die Zeit genommen haben, mein Buch zu lesen, und wenn es Ihnen gefallen hat (oder auch nicht), würde ich mich über eine aufrichtige Rezension freuen.

Marion Kummerow

BÜCHER VON MARION KUMMEROW

Liebe und Widerstand im Zweiten Weltkrieg

- Band 1: Unnachgiebig
- Band 2: Unerbittlich
- Band 3: Unerschütterlich

Kriegsjahre einer Familie

- Prolog: Gewagte Flucht
- Band 1: Blonder Engel
- Band 2: Dunkle Nacht
- Band 3: Tödlicher Ehrgeiz
- Band 4: Agentin wider Willen

KONTAKTINFORMATIONEN

Ich freue mich über jede Zuschrift:

Twitter:
http://twitter.com/MarionKummerow

Facebook:
http://www.facebook.com/AutorinKummerow

Website
http://www.kummerow.info

www.ingramcontent.com/pod-product-compliance
Ingram Content Group UK Ltd.
Pitfield, Milton Keynes, MK11 3LW, UK
UKHW041838190726
13854UKWH00002B/602

9 783948 865016